Lhattie HANIEL

# Berthe

27 ans, 1m57, 50 kilos,
rêve de rencontrer

# le Prince Charmant

*(au rayon patates-aubergines !)*

Comédie Romantique

Independently published
Illustration de couverture : Lhattie HANIEL
Images de couverture : Pixabay/Jill Wellington
ASIN : B07L153VVW
ISBN : 9781790696543

## Du même Auteur

### Les Historiques

*Lady Rose & Miss Darcy, deux cœurs à prendre…*
*Pour que chaque jour compte, il était une fois…*
*Un Accord Incongru !*
*Violet Templeton, une Lady chapardeuse*
*Le Mystérieux Secret de Jane Austen*
*Saint Mary's Bay – Vol. 1*
*Saint Mary's Bay – Vol. 2*
*Victoria Hall - Vol.1*
*Victoria Hall – Vol. 2*
*Lord Bettany*

### Les Contemporains

*20 Secondes de Courage*
*Une amie qui vous veut du bien*

### Les Comédies Romantiques

*La fille qui rêve d'avoir la jambe pin-up !*
*Berthe, 27 ans, 1m57, 50 kilos, rêve de rencontrer le Prince Charmant (au rayon patates-aubergines)*

TOUS CES TITRES SONT DISPONIBLES
AU FORMAT NUMÉRIQUE ET AU FORMAT PAPIER

« La vie serait tragique si elle n'était pas drôle. »
*Stephen Hawking*

# Berthe

27 ans, 1m57, 50 kilos,
rêve de rencontrer

# le Prince Charmant

*(au rayon patates-aubergines !)*

# 1

C'est la énième fois que je visionne le film *Comment se faire larguer en dix leçons*[1]. Sérieusement ! Qui peut encore croire que le mec qui vient de se prendre un râteau, voire tout un rayon de jardinerie dans la figure, va finir avec la sublime minette au brushing impeccable dès le réveil ? On nous prend indéniablement pour des cruches ! L'air dégoûté comme si l'on m'avait forcée à avaler une cuillère d'huile de foie de morue, j'éteins ma télé. Je me sens encore plus misérable qu'une heure plus tôt. Six mois sans rien me mettre sous la dent. Six mois sans sexe.

---

[1] Film de Donald Petrie d'après la BD de Michele Alexander et Jeannie Long

Merdasse !

Ce n'est pas humain !

J'ai beau essayer de comprendre comment Simon a pu me larguer, moi, Berthe, 27 ans, 1m57, 50 kilos, les cheveux d'un beau roux et une hygiène de façade identique à celle d'un institut de recherche sur les maladies infectieuses et, malheureusement, je n'y arrive pas ! Je ne comprends pas comment il a pu laisser filer ainsi notre bonheur. Deux ans ensemble, ça compte tout de même ! J'avais été certaine d'obtenir le statut d'épouse, celui que toutes les nanas rêvent d'afficher sur leur profil Facebook signifiant ainsi à la terre entière qu'elles sont stables, rayonnantes de bonheur, à l'aube d'un évènement heureux en publiant neuf mois plus tard, une multitude de photos de leur progéniture. Mais non ! Mon statut stagnait dans le célibat, ce qui me valait un nombre incroyable de demandes en amie par tous les célibataires et prétendus veufs de la planète !

Je me refuse toujours à croire que cette blondasse aux jambes d'1m50 soit la seule raison de notre rupture…

*Meeerdeuuu !*

Même Bridget Jones[2] termine avec Mark Darcy !

Qu'est-ce qu'elles ont donc que je n'ai pas ?

Je ressasse ma rupture jusqu'à ce que je me rende compte de l'heure très avancée de la nuit. Je m'empare de mon portable et compose sans aucun scrupule le numéro de Caroline, ma meilleure amie. Avant même que je ne lui parle, elle me reconnaît aussitôt, et cela, bien que je l'appelle en numéro masqué. Il n'y a certainement que moi pour lui passer des coups de fil à trois heures du matin.

— Salut Bichette. Un souci ?

Je n'ai pas besoin d'être extra-lucide pour savoir que sa voix, légèrement endormie, m'annonce clairement que je viens de la réveiller. Bien que je me sente rougir d'une certaine honte de l'avoir fait en l'entendant bâiller fortement, je

---

[2] Bridget Jones et Mark Darcy : personnages de fiction du roman *Le journal de Bridget Jones* de Helen Fielding

n'ai pas le temps de lui répondre qu'elle enchaîne avec un « Qu'est-ce qu'il t'arrive ? »

Je sais bien qu'elle s'est retenue d'ajouter le mot *encore*. Mais ce n'est pas le moment de lui en faire la remarque. Avec une voix que je veux sereine, je lui réponds comme si j'arrivais du boulot et que ma journée avait été fort intéressante.

— Ça va bien et toi ?

— Berthe ! Tu ne m'appelles pas à cette heure de la nuit juste pour savoir si je vais bien !

Je l'entends bâiller de nouveau, ce qui me fait déglutir péniblement.

— Heu… Ben, pas du tout ! Qu'est-ce que tu vas t'imaginer là ?

— Plein de choses si tu ne me dis pas ce qui ne va pas.

Je la sens blasée tandis que je me trouve au bout de ma vie. Sans prévenir, je me mets à chialer comme une gamine.

— Berthe ? Allo ? Berthe ? T'es là, ma biche ? Bon, laisse-moi cinq minutes pour prévenir Val et j'arrive…

Elle raccroche sans me laisser le temps d'ajouter un merci. Je continue de pleurer sur mon sort jusqu'à son arrivée. En fait, elle met tout au plus deux secondes à venir chez moi.

Deux étages à descendre, deux secondes !

Même une blonde peut faire ce calcul… Je me sens ridicule de dire de telles âneries destinées à la pétasse blonde qui m'a volé le cœur de Simon. Enfin, à mon avis, c'est plutôt son entrejambe qu'elle visait en se collant à lui comme une sangsue en dansant ce slow qui m'était destiné. Le doute aurait dû m'envahir en la voyant se trémousser, rien que pour lui faire la bise. Cela m'agace tellement de m'apitoyer ainsi sur mon sort que je ne peux m'empêcher de me jeter dans les bras de Caroline lorsque je lui ouvre la porte, en pleurant de nouveau.

— Toi, tu as encore regardé une comédie romantique.

Son ton est aussi doux que ses bras qui m'enlacent aussitôt.

— Qui a osé regarder une comédie *érotique* sans moi ?

Oh, non ! Val ! La copine de ma copine à la voix grave qui terroriserait même la plus horrible des institutrices. A priori, elle lui a emboité le pas en douce, car je ne l'inviterai jamais chez moi.

Son humour décalé, non merci !

Caroline semble aussi surprise que moi. Je le vois à son visage qui s'est marqué d'un certain étonnement bien qu'elle continue d'user d'une voix douce pour lui répondre.

— Une comédie romantique, Val, et non érotique. Mais tu ne devais pas m'attendre là-haut…

Val s'esclaffe toute seule sans lui répondre. Cette nana est pire que les sept plaies d'Égypte réunies, et je ne l'aime absolument pas ! Elle est la dernière copine en date de Caroline et cela fait déjà deux semaines qu'elle squatte fréquemment son domicile. Mon amie a toujours eu des goûts très particuliers. Elle aime les filles, les garçons, les hommes de son âge et même les vieux !

Tout y passe !

Je ne sais pas comment elle fait. Elle doit carburer à toutes sortes de choses sans que je ne le sache. Je ne me l'explique pas autrement. Ce dont je suis certaine, c'est qu'elle est toujours là pour moi.

Mais Val !

Sérieusement !

Non, ce n'est pas possible !

Je ne suis pas fan d'elle et Caroline le sait parfaitement. Cette fille est un peu brute de décoffrage et je sens que je ne vais pas aimer sa présence. Surtout, lorsqu'il lui prend l'idée de me serrer un peu trop longuement entre ses bras pour me dire bonjour tout en émettant un petit gémissement que moi seule peux entendre.

Je la déteste comme les cafards !

La veille, elle a osé me claquer une fesse sans que je ne m'y attende. Elle me file de mauvais frissons. Mais je n'ose jamais riposter, comme en cet instant, car je ne veux pas froisser ma douce Caroline. Je me sors rapidement des bras tentaculaires de Val et, mal à l'aise, me retourne vers mon amie qui s'exclame :

— Alors ! Quel film ?

— Comment se faire larguer en dix leçons !

— Encore !

— Je suis tombée dessus par hasard. Et tu sais comment je suis sensible au charme de McConaughey[3] ! Je sais, je suis faible et minable…

— Il faut que tu arrêtes de te dévaloriser comme ça, ma Biche.

Son ton est comme une douceur qui m'envahit aussitôt. Je l'adore vraiment cette fille et je préfère de loin supporter la présence de Val plutôt que de perdre ma meilleure amie. Aussi, je les invite à entrer dans le salon et à s'installer sur ma petite banquette tout en leur proposant une tisane. Durant les vingt minutes qui suivent, je tente de leur expliquer mon cas désespéré tout en espérant qu'elles deux me rassurent. Si Caroline prend la peine de m'encourager à sortir la tête de l'eau et à ne voir que du positif dans le fait de me retrouver seule aujourd'hui, ce n'est absolument pas le cas de Val.

---

[3] Matthew McConaughey : acteur américain, réalisateur, scénariste et producteur de cinéma américain

— Si tu veux mon avis, tu n'es pas drôle et en plus, tu n'as pas assez de nibards ! Enfin, j'dis ça, j'dis rien, hein !

J'ai bien envie de lui crier : « Non, poufiasse, je ne veux pas de ton avis ni de ton sourire à deux balles ! » Mais trop dépitée, je préfère filer en silence dans ma chambre afin de m'observer dans mon miroir sur pied. Je me tourne et me retourne dans tous les sens afin de comprendre. Mais je ne vois pas vraiment ce qui peut clocher chez moi. Bon, peut-être que ma culotte de cheval débutante ainsi que *Brad* et *Pitt,* qui ont toujours été plus à l'aise dans un bonnet B que C, pourraient y être pour quelque chose. Mais à part mon derrière et ma poitrine, je ne vois pas où se trouve le problème. Ça y est ! Je viens de dire le mot *problème.* Ce mot qui m'envoie directement chez une psy une fois par semaine depuis six longs mois et qui me coûte la modique somme de 70 euros la séance pour m'apprendre à ne pas le prononcer. Je sais pertinemment qu'il y a des façons plus radicales de dépenser son argent : *chaussures Jimmy Choo, sac Chanel, parfum Yves Saint*

*Laurent.*

Et *ma* liste est bien longue !

Je m'oblige à penser à mon banquier. Il m'a déjà envoyé deux alertes par SMS cette semaine pour me dire que mon compte se trouvait dans le rouge.

Comme si je ne le savais pas !

Mais je refuse d'y penser en ce moment. Prise dans un délire de réflexions silencieuses, j'en oublie mes *invitées* et continue de m'admirer dans la glace tout en me persuadant que ma poitrine est très bien ainsi, dixit la fille qui rêve de se refaire faire les seins et qui utilise une tripotée de crèmes amincissantes. C'est alors que Val se rappelle à mon bon souvenir. Sans aucune gêne, elle a dû me suivre dans ma chambre et me reluque le derrière depuis sans doute quelques minutes tandis que j'ai la poitrine découverte et le bas de mon pyjama au niveau des genoux.

— *Ouais,* c'est bien ce que je disais ! Tu n'as pas de nichons, et les mecs, ils adorent les nichons !

Tout en réajustant rapidement mes vêtements

sur mon corps, je meurs d'envie de lui coller une baffe. Mais j'en suis incapable, tout comme de lui rabattre son caquet par une réplique cinglante. Je marmonne à la place, quelques paroles incompréhensibles qui sont de l'ordre : « Toi, la lesbienne aussi plate qu'une sole, ta gueule ! Et d'abord, Pétasse, qu'en sais-tu si *Brad* et *Pitt* ne conviennent pas à un homme ? Hein ! »

Avec un sourire qui n'atteint pas mes yeux, je passe devant elle en pensant fortement : « Casse-toi de chez moi ! »

Impuissante, je me rends auprès de Caroline. En distinguant ma bouche pincée et mes narines blanchies par la colère qui ne cesse de m'envahir, mon amie sait que je ne me trouve pas loin de commettre un meurtre. Elle se lève et touche deux mots à Val qui s'en va d'un air dédaigneux malgré son visage désenchanté.

*Oufff !* Val se trouve déjà loin de moi lorsque Caroline et moi nous réinstallons sur ma petite banquette rose-fuchsia, notre tisane refroidie entre les mains. Nous passons le reste de la nuit à refaire le monde. Enfin, plutôt *mon* monde qui se résume au célibat depuis six mois, à un corps dans lequel je ne me sens pas à l'aise et à une vie qui me rapproche chaque jour un peu plus d'un théorique suicide que je serais bien incapable de commettre.

J'aime trop la vie pour ça !

# 2

Il est six heures du matin quand mon réveil se met à m'appeler de sa petite voix stridente et fort peu sympathique : « il est l'heure, Berthe, de vivre un nouveau jour heureux ». J'ai aussitôt envie de me pendre. Il me faut absolument modifier cette annonce… Je sens que trois heures de sommeil, ce n'est pas assez pour moi. Je m'oblige à m'extirper de mon lit et je file directement sous ma douche.

*Mince !*

Je me rends compte que j'ai oublié d'aller faire pipi.

Tant pis !

Je me laisse aller sous les jets de mon large pommeau de douche, tout en me disant qu'il faut absolument que je m'habitue à me rendre aux w.c. avant de me diriger le matin vers ma salle de bain.

Cela pourrait perturber le beau gosse qui un jour partagera ma vie.

Bon, okay !

Je ne l'ai pas encore trouvé, mais comme me l'a affirmé cette nuit Caroline, on ne sait jamais ! Je pourrais fort bien le rencontrer aujourd'hui ! L'optimisme de mon amie a annihilé le désarroi le plus total dans lequel je vis depuis six longs mois. D'autant que cela me coûte bien moins cher que ma séance chez la psy ! Peut-être me faut-il faire simplement quelques ajustements dans ma vie de célibataire…

Je m'habille en prenant le temps de choisir mes vêtements. Bon, pour les sous-vêtements, on repassera ! Je n'arrive pas à mettre la main sur un ensemble coordonné. Je fouille dans ma panière à linge sale et trouve le slip rose désiré. Il s'agit en fait d'un string qui est loin de sentir la lessive et…

*Rhooolala* !

Seigneur !

Ce n'est pas possible !

À moi !

Je le rejette là où il se trouvait quelques

secondes plus tôt et m'enfuis de ma buanderie pour retourner dans mon dressing. Après tout, la probabilité de coucher avec un homme aujourd'hui est plutôt faible. Et ce n'est certainement pas au boulot que je risque de le rencontrer étant donné que je travaille dans une maison de retraite. À moins que la Providence décide de me faire rencontrer l'élu au rayon patates-aubergines en faisant mes courses ce soir… Je ris seule à ma déduction en imaginant un mec totalement sexy avec un kilo de patates dans la main. Quant à l'aubergine, j'espère qu'elle se trouvera autre part… Je rougis à mes idées coquines quand soudain, je repense à Simon qui savait cuisiner les aubergines comme un chef étoilé. Mes yeux se remplissent de larmes et je me trouve à la limite de retourner me coucher. Mais en fin de compte, je me ressaisis et prends le chemin de mon travail.

*Allez, encore deux kilomètres à pied, et j'y serai !*

Lorsque je pénètre dans la maison de retraite, j'ai l'impression que mon string rose m'a suivie en douce. L'odeur est épouvantable, et bien que j'y travaille maintenant depuis une année, je ne m'y habitue toujours pas. Tout cela à cause de notre directrice de l'établissement qui en plus de ressembler comme deux gouttes d'eau à *Cruella d'Enfer*[4], alors qu'elle est tout juste quadra, a préféré faire des coupes budgétaires. De fait, en plus du ménage qui laisse à désirer, il n'y a pratiquement plus de personnel de nuit pour s'occuper de nos petits pensionnaires…

— Bonjour, Madame Récamier. On va bien aujourd'hui ?

— Bonjour, ma p'tite Berthe ! Je crois que je me suis oubliée…

— Oui, je crois bien aussi ! Allez, ce n'est pas bien grave, on va arranger ça tout de suite !

Certains de mes petits protégés ont laissé leur pudeur et leur amour-propre dans leur ancienne vie et je fais tout pour qu'ils se sentent à l'aise avec moi. Enfin, pas trop tout de même !

---

[4] *Cruella d'Enfer* : personnage de fiction du livre les 101 dalmatiens de Dodie Smith adapté en film par les studios Disney

Et c'est reparti comme tous les lundis matin. À vrai dire, comme chaque matin…

*Pfff !* Enfin, ma journée est terminée ! Je suis éreintée et je n'ai qu'une seule envie, c'est de me doucher et ensuite de m'allonger dans mon lit. C'est que ça n'a pas l'air comme ça ces petits vieux, mais certains font leur poids et certains parfums ne sortent pas tous d'une bouteille en verre !

Je reprends le chemin de mon domicile. Bien que j'entame à pied la moitié de celui-ci, je rêve de prendre un bus ou un Vélib'. Tout à ma marche, mes pensées s'égarent vers Simon et je repense à lui, à sa façon de me regarder, à sa façon de me toucher, de me faire l'amour…

Les yeux pleins d'éclat au souvenir de ma vie perdue, je finis par arrêter mon pas devant la supérette la plus proche de chez moi. Ainsi, je n'aurais pas à marcher longtemps, les bras chargés de nourriture. Je fais une liste rapide dans ma tête : bananes ; ananas ; tablettes de chocolat ; une bouteille d'eau et un paquet de nouilles.

*Tiens, si je trouve des aubergines, je m'en cuisinerais*

*bien !*

J'en ai envie. J'ai envie aussi de faire l'amour, mais faute d'homme, je me contenterai d'une aubergine ! Non pas que je souhaite faire des cochonneries avec ce légume, mais le déguster me donnerait certainement du plaisir. Je suis certaine d'avoir conservé la recette de Simon dans un tiroir de ma petite cuisine.

Complètement enthousiasmée à l'idée de reprendre ma vie en main en commençant par mon estomac, je me dirige d'un pas sûr dans le rayon des légumes. Je me souviens de mes pensées grivoises du matin et je ne peux m'empêcher de balayer du regard les alentours. On ne sait jamais, Cupidon a peut-être eu l'idée d'occuper les lieux... Mais seuls un couple d'un certain âge et une femme faisant rouler sa poussette chargée comme un caddie se déplacent dans les parages.

Ce ne sera donc pas aujourd'hui que je trouverai le grand amour !

Je choisis aussitôt trois belles aubergines. Enfin, les trois restantes.

*Mince !*

J'ai oublié de prendre un sachet en plastique. Je repose mes légumes et me dirige tranquillement au bout d'un rayon pour en dérouler un avec lequel je dois batailler pour le détacher du rouleau auquel il appartient. C'est toujours un problème avec ces sachets : soit ils ne se détachent pas facilement, soit ils sont impossibles à ouvrir sans avoir dû se lécher plusieurs fois les doigts remplis d'une faune microbienne digne d'une plaquette en verre du CDC[5]. Fière de moi d'avoir gagné cette partie, je repars d'un pas léger vers mes trois aubergines.

— Hep ! Hep ! Hep ! Ces aubergines sont à moi ! m'écrié-je en voyant un homme s'apprêtant à repartir avec mon butin.

— Pardon ?

— Heu… Je les ai vues… heu… la première…

— Ces aubergines-là ?

[5] *Center for Disease Control* est une agence du gouvernement américain sur la prévention, l'étude et le contrôle des maladies infectieuses

— Heu… Ben… Heu… Oui…

— En êtes-vous certaine ? ajoute-t-il d'une voix à la tonalité torride qui me donne presque un orgasme.

— Heu…

J'avoue être un peu dépassée par ma propre bêtise. L'homme qui me fait front est tout simplement magnifique. Rien ne dépasse, rien ne gêne l'œil.

*Waouh !*

C'est du Photoshop pur !

J'en suis bouche bée et si je reste ainsi, il se peut qu'une mouche qui se trouve sur les étals de fruits vienne se loger dans ma bouche. À cette pensée, je la referme aussitôt. Ce qui me vaut un inélégant bruit buccal en même temps que ma mâchoire claque telle une huître en danger !

— Alors pourquoi ne les avez-vous pas prises ?

— Parce que… je… enfin…

Parfois, je me filerais des baffes en voyant comment je me pourris toute seule une situation ! J'ai bien envie de lui demander de me les donner et que s'il le souhaite, je l'invite à dîner. Ainsi, aucun de nous deux ne sera lésé par l'autre. Bien entendu, je n'en fais rien. Mais il est trop beau pour que je le laisse filer ainsi. Quitte à dire une bêtise, autant y aller franchement !

— Elles sont à moi ! Je les avais rangées ici et je n'ai pas eu le temps de les mettre dans un sachet. Enfin, vous m'avez comprise, n'est-ce pas ?

— Non.

C'est un abruti ou il le fait exprès !

— Non, quoi ?

— Non, je ne vous ai pas comprise. Si vous les vouliez tant, il fallait les prendre. Cela est trop facile maintenant que je m'en suis saisi.

— C'est une blague ? Vous me faites marcher !

— Non.

— Non, quoi ?

Il commence à bien m'agacer.

— Non, je ne vous fais pas de blagues.

Il prend une seconde de plus pour ajouter :

— Je n'aime pas ça.

— Vous n'aimez pas quoi ? Les aubergines ?

— Non, les blagues. Je ne suis pas un homme marrant.

— Tu m'étonnes !

— Pardon ?

Je me sens au bout de ma vie. Ce type est aussi beau que stupide. Ou aussi stupide que beau. Enfin, bref ! Il m'agace, mais quelque chose en lui titille mon *sex appeal.*

— Bon, je crois qu'il y a un malentendu entre nous, dis-je en posant une main sur ma hanche.

En vrai, je dois ressembler plus à un thon qu'à une sirène, mais comme il continue de me fixer, je poursuis ma tirade.

— Si vous voulez, on peut reprendre depuis le début. Ainsi, vous verrez bien que ces aubergines sont à moi, lâché-je, certaine que mon petit numéro l'a emballé.

Je songe qu'il n'a plus qu'à être charmant comme un prince et à me tendre le sachet contenant lesdites aubergines. Ensuite, on pourra discuter comme des adultes responsables, ou consentants ! Tout dépendra où notre conversation nous emportera…

— Je ne pense pas devoir vous les rendre puisqu'elles ne sont pas à vous. Elles étaient là, seules, abandonnées de tous, et je les ai donc prises, voyez-vous. Donc, non, il n'y a aucun malentendu.

— *Waouh !* Vous êtes sérieux ! Pas de malentendu ! Je suis une femme et vous un homme ! Et la galanterie, alors ?

— N'êtes-vous pas de ces femmes qui prônent le féminisme à tout-va ? Et sous couvert de la galanterie, il me faudrait céder mon repas pour satisfaire une envie, disons organique !

Je ne sais pas ce qu'il me prend et d'où me vient cette folie soudaine lorsque je m'entends m'écrier « Mais elles sont à moi ! » avant de me jeter sur lui.

Bien entendu, il fait un pas de côté pour éviter ma fureur. Mais aussi vif que l'éclair, il m'attrape d'un bras ferme avant que je ne m'étale, la tête la première, dans les laitues. Durant ce sauvetage, il a relâché le sachet contenant les trois aubergines et je me retrouve entourée de bras musclés et fermes qui me font tressaillir aussitôt. À cet instant précis, je me moque comme l'an 40 des aubergines, des laitues, des petits vieux de la maison de retraite et même de Simon ! Plus rien ne compte à part cet homme et moi…

— Vous allez bien ? me demande-t-il d'une voix qui affole mes entrailles.

Je ne réponds pas tant je suis éblouie par sa douceur et son parfum boisé. Je me sens papillonner des yeux et lui souris bêtement en acquiesçant du chef.

Voilà !

La règle des 3,3 secondes est confirmée !

Son regard dans le mien ou le mien dans le sien.

Peu importe !

C'est la durée qu'il faut à deux êtres pour tomber amoureux.

— Si vous allez mieux, je vous laisse à vos courses et m'en retourne aux miennes.

Il se détache si vite de mon corps que j'ai l'impression de tomber de trois étages. Aurait-il l'intention de me délaisser ainsi, moi, mon envie de lui, mon désir de mieux le connaître ? Je suis amoureuse, mais pas au point de le laisser me fuir le premier. Avec Simon, j'ai eu ma dose !

Plus rapide que lui (il faut dire que je me trouve plus près du sol que la plupart des gens avec mon 1m57, et cet homme est un géant), je me saisis du sachet qu'il a relâché et m'enfuis en riant sadiquement avec *mes* aubergines, fière de ma propre mesquinerie. J'hésite à passer directement en caisse de peur qu'il ne me rattrape et je préfère de loin le semer dans les rayons de boîtes de conserve qui me cachent de sa vue. Je souffle enfin quelques longues secondes dans le rayon des boissons. J'en profite pour prendre une bouteille d'eau minérale, mais je n'arrive pas d'une main à défaire le pack d'eau. Je pose mon sachet d'aubergines et commence une nouvelle bataille avec le plastique qui retient les six bouteilles entre elles.

— Merci !

Cette voix ténébreuse me fait sursauter en même temps que ma surprise est grande. Le beau gosse du rayon patates-aubergines a réussi à me retrouver et s'est emparé de *mon* sachet d'aubergines.

— Oh, non ! Ce n'est pas cool !

Il reste sur place et me fixe d'un regard curieux. Il est tellement beau que j'en éprouve quelques chaleurs et je suis bienheureuse de le revoir déjà…

Je m'approche de lui pour essayer de m'emparer du sachet. Resté sérieux, il le relève au-dessus de sa tête. Résultat : impossible pour moi de le récupérer ! Cet homme mesure au bas mot 1m90. Il est immense, large d'épaules et, punaise, il sent bon l'homme ! Je me sens traversée par une multitude de papillons en tentant de m'accrocher à lui comme une moule à son rocher pour lui repiquer *mon* bien ! Il rit et je m'arrête aussitôt.

— *Waouh !*

— *Waouh,* quoi ? s'interloque-t-il.

Je me sens toute bizarre et j'ai l'impression d'avoir le tournis. Nos regards s'entremêlent puis se rivent l'un à l'autre.

3,3 secondes…

Soudain, je me sens dans un autre monde, à la

limite de faire un malaise vagal. Mon corps ne pèse plus que quelques grammes. J'ai l'impression de perdre pied tant je me trouve sous son charme et attirée par son sourire qui découvre une rangée de dents d'une blancheur incroyable. Je laisse mes bras glisser le long de son corps tout en prenant soin de rester accolée au sien. Je sens son bras gauche entourer ma taille et me serrer contre lui. Je m'échauffe autant que lui. Sa chaleur se diffuse au creux de mon ventre et ses lèvres se posent sur les miennes.

C'est… magique !

— Mademoiselle ! Mademoiselle ! Réveillez-vous !

— Qu'est-ce qu'il m'est arrivé ? réussis-je à dire en rouvrant les yeux l'esprit complètement engourdi.

— Vous avez voulu me prendre le sachet d'aubergines, puis, je ne sais comment, vous avez perdu connaissance. Je vous ai retenue, mais…

— Retenue et hum… votre baiser était…, dis-je d'une voix langoureuse avant de m'interrompre en voyant ses beaux traits se marquer d'une gêne.

— Vous ne m'avez pas embrassée, c'est ça ? dis-je, les joues en feu dû à un embarras certain.

Je le vois embarrassé autant que moi. Il se frotte l'arrière de la tête tout en se mordant la lèvre inférieure.

Punaise !

Qu'est-ce qu'il est beau !

— Si vous allez mieux, je vais vous laisser, dit-il en m'aidant à me relever du sol où je ne me souviens pas m'être étalée.

Ses larges mains s'emparent des miennes et je le vois rougir fortement. Je trouve que cette couleur lui va plutôt assez bien et je suis totalement charmée malgré son mal-être et le mien. Je m'apprête à lui dire quelque chose, mais il me devance.

— Tenez ! Prenez-les, elles sont à vous.

Il me tend le sachet d'aubergines et s'en retourne vers, je-ne-sais-où. Le temps que je reprenne mes esprits, il a déjà quitté les lieux. J'ai l'impression que je viens de rater quelque chose d'important. Je me saisis de mon portable et compose le numéro de Caroline.

— Ma bichette ! Tu ne croiras jamais ce qui vient de m'arriver !

# 3

Je me réveille de nouveau ce matin, mais juste quelques minutes avant que mon réveil ne sonne. Et c'est bien la première fois ! Je m'étire et repense à ma rencontre de la veille. Ce type m'a envoûtée, je ne sais comment. Comme j'aurais aimé le ramener à la maison et lui faire un bon petit plat ! Toutefois, en y réfléchissant bien, je me dis qu'heureusement ce ne fut pas le cas. Déjà que Caroline a failli vomir en s'efforçant de me faire croire que mes aubergines étaient mangeables, j'imagine assez bien comment ce type, à l'allure impeccable avec son costume d'un noir profond qui lui carrait parfaitement les épaules et ses dents dignes d'une publicité pour dentifrice, aussi blanches que sa chemise, aurait consenti une seule seconde à goûter mon exceptionnel plat renommé pour l'occasion par moi-même *sabotage-de-croustillants-d'aubergines-noyées-dans-l'huile-d'olive !*

Je me dis qu'il y a des jours avec et des jours sans. Et hier, c'était un jour sans, donc aujourd'hui, je devrais avoir toutes mes chances… Un petit passage à la supérette après le boulot devrait répondre à ma réflexion à deux balles.

L'espoir fait vivre !

De fait, je coordonne mes sous-vêtements même si mon string rose lavé dans la précipitation hier soir pour une sortie ce matin est encore légèrement humide quand je l'enfile. Mais c'est l'unique sous-vêtement convenable, au cas où j'arriverais à *Ça vous dit de venir chez moi ?*

Bon ! Il faut vraiment que je pense à me rendre le plus tôt possible dans un magasin de lingerie. Je me sens excitée en enfilant une paire d'escarpins.

*Ouille !*

Je ne suis pas certaine de tenir toute la journée sur ces perches. Réflexion faite, je préfère les prendre dans un sac à part et me chausser de chaussures plus confortables qui me donnent l'impression d'avoir pris en deux secondes, deux kilos sur les hanches ! Je n'ai pas le temps de m'apitoyer sur mon sort en me regardant une dernière fois dans ma glace. J'ai l'impression que mon fessier aura de toute façon le dernier mot sur moi. Avec un sourire, je songe que je pourrais toujours enfiler mes escarpins avant de pénétrer dans la supérette…

Totalement satisfaite (oui, je sais, je ne suis pas difficile à convaincre), je pars pour une journée de travail. Encore une fois, je pénètre dans la maison de retraite avec une envie de vomir. Je ne me ferais jamais à l'odeur de cette soupe *prémâchée* saupoudrée d'un soupçon d'urine de l'air ambiant tout ça parce que Cruella a changé de traiteur industriel pour moins dépenser. Je prends la bouteille de mon parfum qui se trouve dans mon tote bag et m'en parfume généreusement. J'en profite même pour offrir deux pschitt à madame Récamier et deux de plus à madame Hugo, qui sont deux vieilles dames restées très coquettes. Leurs enfants me remercieront en sentant l'odeur de mon parfum *Yvresse* de *Yves*

*Saint Laurent* qui couvrira cette affreuse odeur ambiante. Je passe une journée joyeuse et il me tarde de me rendre à la supérette.

Arrivée devant celle-ci, je m'arrête dans un angle pour changer de chaussures. Ce serait stupide de me faire surprendre par Monsieur-Colgate, en train de me transformer en femme fatale. Enfin, fatale tout court serait déjà assez étonnant ! Mais il fait bon de rêver, même les yeux ouverts. Après trente minutes à arpenter tous les rayons et surtout le rayon patates-aubergines, je dois me faire une raison : ce type ne viendra pas ce soir. Pourtant, j'étais prête à vivre un nouveau malentendu. Voire autant qu'il en désirait. Je repars chez moi non sans avoir changé de chaussures au passage. Je me couche ce soir-là, aigrie comme une vieille pie à ressasser mon malheur, mes peines de cœur, de cul aussi, il faut bien le dire… J'ai faim d'un homme, un vrai qui me fera planer encore quelques longues minutes après m'avoir fait l'amour. Un homme qui pourrait ressembler à Monsieur-Colgate. Je crois bien que ce soir, je vais penser à lui et à tout ce qu'il pourrait me faire si sur un nouveau malentendu, on pouvait conclure…

# 4

**Depuis une semaine, j'arpente sans succès la** supérette. Mais que fait Cupidon ! Il me place Monsieur-Colgate sur mon chemin pour le retirer aussitôt. Il y a un problème, là, non ?

— Allo, Caroline ?

— Coucou, Bichette !

— Qu'est-ce que tu fais ?

— Je ne fais rien. Et toi ?

— Rien, non plus ! Est-ce qu'il y a Val chez toi ?

— Non, c'est fini avec elle depuis trois jours. Tu montes ?

— J'arrive !

En moins de temps qu'il en faut pour le dire, j'escalade les escaliers qui nous séparent et me retrouve allongée sur le lit de Caroline, une tisane à la main. Cela peut toujours paraître bizarre, mais Caroline adore recevoir dans sa chambre.

— Ça va quand même ? demandé-je, avec un petit sourire.

— Oh, tu sais, Val n'était pas le bon numéro ! Mais c'est parce que j'ai quelqu'un d'autre dans la tête.

— Punaise ! Tu as la santé, ma Caro !

— Ah, ah ! Pourquoi dis-tu ça ?

— Eh bien, deux relations en moins d'un mois !

— Idiote ! Pas en même temps ! Du moment que c'est fini avec le premier…

— La première, tu veux dire ! l'interromps-je.

— Oui, si tu veux ! Donc, je disais du moment que c'est fini, tu peux très bien avoir une relation avec quelqu'un d'autre le lendemain. Enfin, tu m'as comprise !

— Ouais, c'n'est pas faux ! Ah, si je pouvais en avoir déjà un, juste une nuit, ce serait formidable ! dis-je en soupirant.

— Tu n'as pas revu le type aux aubergines ?

— Non. Il ne doit pas habiter dans les parages.

— Oh, tu finiras bien par tomber sur le bon numéro, ma Berthy !

— Si quelqu'un entend la prière de mon amie, qu'il l'exauce ! m'écrié-je en levant les yeux au Ciel, les accompagnant religieusement de mes mains.

— Ah, ah ! Si c'était si facile, cela se saurait, ma toute douce !

— Tu as sans doute raison. Mais bon ! Vas-y, raconte-moi ta nouvelle fréquentation.

— C'est un homme.

— Bien ! Voilà un bon début ! J'avoue que je n'arrive pas à me faire à tes copines.

— Il est veuf.

— *Aoutch !* Tu en es certaine ? Parce que lorsque je regarde toutes les invit' que j'ai sur Facebook, ces mecs-là sont tous veufs et veulent vivre une vie de couple et…

— Eh bien ! C'est parfait, non ?

— Tu plaisantes, ma Caro ! Ce ne sont jamais eux qui t'écrivent, mais plutôt un gang de voleurs d'identités et…

En voyant le visage perplexe de mon amie, je m'interromps.

— Je crois que je viens de te perdre.

— Heu…, un peu. Je ne vois pas où tu veux en venir.

— Okay ! Je me suis légèrement laissée emporter par mes pensées. Donc, je suppose que tu l'as déjà… rencontré ?

— Oui, je l'ai déjà rencontré, et non, ce n'était pas sur réseaux sociaux.

— Ah ! Okay. Et c'était où, alors ?

— Dans la salle d'attente du docteur Pignon. La salle était bondée de gens et il attendait comme moi. Et tu connais la règle du pouvoir absolu du regard échangé !

— Parfaitement ! 3,3 secondes !

— Eh bien ! ça nous est tombé dessus, sans prévenir. Mais c'était, il y a deux mois déjà.

— Deux mois !

— Oui, enfin, on n'a rien fait, mais il s'est vraiment passé quelque chose entre nous. On s'est séparé sans se laisser la moindre chance de se revoir, mais j'ai espéré en vain le retrouver.

— Pourquoi ne m'en as-tu pas parlé ?

— Oh, j'ai bien essayé, mais tu n'avais toujours que Simon à la bouche. Tu n'écoutais pas et…

— Oh, je suis nulle comme amie !

— Mais non, ne dis pas ça ! s'exclame Caroline tout en m'attrapant entre ses bras.

Elle me serre fort contre elle et je réponds de même à son geste. Je l'adore comme la sœur que je n'ai jamais eue. On se désenlace et chacune de nous reprend ses esprits en avalant une longue gorgée de nos tisanes.

— Donc, tu l'as revu où ? finis-je par dire en voyant Caroline ne pas poursuivre notre discussion.

— Oh, pardon ! En allant à la boulangerie, je l'ai croisé sur le trottoir. Ce qui est drôle, c'est que l'on s'est reconnu aussitôt, mais que l'on a tous les deux poursuivi notre chemin de quelques pas avant de faire volte-face. C'était... magique !

— *Waouh !* Tu me files des frissons !

— *Ouais !* Cela m'en a donné pas mal à moi aussi, je dois dire…

— Et ?

— Il s'est avancé et m'a tendu la main. Alors je lui ai présenté la mienne. Et tu sais ce qu'il a fait ?

— Non, mais je sens que tu brûles d'envie de me le dire…

— Il a déposé un baiser dessus ! J'étais aux anges.

— Heu… Il t'a fait un baisemain ! Attends, il a quel âge ?

— Dans les quarante-cinq ans. Peut-être, cinquante…

Je lâche aussitôt un long sifflement d'étonnement.

— Merdasse, Caro ! Quinze ans de plus que toi, voire plus ! Qu'est-ce que tu crois qu'il désire le mec, hein ? Il veut coucher avec toi et puis après, *pfff,* plus rien !

— Non ! Pas du tout ! Georges n'est pas ainsi !

— Georges ! Oh, *mince !* C'est la soixantaine qu'il doit avoir avec un prénom pareil !

— Ne dis pas n'importe quoi ! Surtout toi !

— Et pourquoi moi ?

— Parce que tu portes le prénom de ton arrière-grand-mère et tu n'as que vingt-sept ans !

Je vois mon amie essayer de se recomposer un visage. Je sais qu'elle n'aime pas me dire mes quatre vérités, mais parfois, c'est bien aussi de savoir qu'elle est réellement une amie en me secouant un peu l'échine.

— *C*'n'est pas faux ! Okay ! Va pour Georges ! dis-je en lui prenant la main sur laquelle je dépose un baiser amical, imitant ainsi Georges.

Je la vois soupirer d'aise, rassurée par mon geste et ses yeux s'illuminent soudain d'une brillance particulière. Non pas de celles qu'elle a habituellement lorsqu'elle débute une nouvelle histoire…

— Donc, vous avez déjà fait, *hum hum !*

— Punaise, Berthe ! Grandis ! Personne à notre âge ne dit *hum hum* pour parler de sexe !

Je reste sans voix. Que lui arrive-t-il ? Je ne l'ai jamais vue changer d'humeur en si peu de temps.

— Quelque chose ne va pas, ma chérie ?

Ma voix avait beau être d'un timbre soucieux, un silence s'étire entre nous avant que Caroline se mette à pleurer.

*Mince !*

Caroline qui pleure !

C'est bien la première fois que je la vois dans cet état.

— Allons, ma biche ! J'ai dit quelque chose qu'il ne fallait pas ? Je m'en excuse tout de suite, tu sais ! Je t'aime trop pour te faire de la peine…

— Non, ce n'est pas toi, c'est moi, toute seule ! Je ne sais pas ce qu'il m'arrive avec Georges, mais c'est la première fois que je ressens véritablement quelque chose pour une personne.

— Une chose comme quoi ?

— Je ne sais pas. À ses côtés, je me sens importante, vivante et envahie d'une allégresse dans le cœur qui m'ébranle. Son absence m'est insupportable. J'ai envie de pleurer lorsqu'il ne se trouve pas auprès de moi. Je ne m'explique pas exactement ce que c'est. Ou plutôt si ! Je crois bien que pour la première fois de ma vie, je suis amoureuse…

— Oh ben, mince, alors !

# 5

J'ai bien l'intention d'imiter Caroline. Elle m'a donné envie d'avoir le cœur chamboulé, d'être aimée par un homme, d'avoir le sentiment de compter pour lui. Je repense aussitôt à Monsieur-Colgate tout en changeant les draps du lit de M. Vincent. Je chantonne et cela intrigue le vieux monsieur qui ressort de sa minuscule salle de bain.

— Ça gazouille, ma p'tite Berthe !

— Ah, Monsieur Vincent ! Déjà de retour des toilettes ?

— Oui ! Et je me suis débrouillé tout seul comme un grand ! se croit-il obligé d'ajouter en posant ses mains sur mon avant-bras.

— Heu… Je n'ai pas entendu l'eau du robinet couler… Allez, *hop, hop, hop !* On y retourne…

Et pendant qu'il s'exécute, j'en profite pour

me désinfecter l'avant-bras avec une lingette, discrètement afin de ne pas le vexer. Il réapparaît avec un large sourire et je m'aperçois pour la première fois que ses dents sont d'une blancheur éblouissante. Je ne peux m'empêcher de lui en faire la remarque.

— Ah ! Ah ! Regardez ! C'est magique !

— Oh, mon Dieu, Monsieur Vincent ! Remettez vos dents dans votre bouche ! m'exclamé-je, faussement outrée.

Nous rions ensemble à sa petite plaisanterie, mais je songe aussitôt à Monsieur-Colgate en priant qu'il ne soit pas en possession d'un tel appareil, lui aussi. Je termine ma journée telle qu'elle avait débuté ; disons, assez joyeusement. Mais je suis épuisée. Je me paie le luxe de prendre un Vélib' pour rentrer chez moi. Je pédale avec efforts jusqu'à la supérette et traverse le parking tout doucement en priant *la Fée bleue*[6] (oui, je sais,

---

[6] *La Fée bleue* est un personnage magique du dessin animé *Pinocchio* inspiré du du conte *Les Aventures de Pinocchio* de Carlo Collodi

mes références sont limitées) de me permettre de revoir l'homme qui perturbe toute ma vie depuis notre malentendu au rayon patates-aubergines. Je guette l'entrée comme un convoyeur de fonds et ralentis tellement que je finis par tomber sur place, mon vélo entre les jambes. Comme une sotte, je n'ai pas pris la peine de mettre mes mains pour me protéger de ma chute. Je m'étale comme un *Flanby* lâché sans attention dans une assiette. Deux gamines me fixent en continuant d'éclater de rire. Je m'aperçois qu'elles ont dégainé leur portable, certainement depuis plusieurs longues secondes, et ont dû filmer toute la scène.

Je me donne trois minutes avant de me retrouver sur YouTube !

— Fichez le camp ! m'écrié-je d'une voix de crécelle en m'égosillant, tout en essayant de me relever.

Mais mon pantalon reste accroché à une pédale et je peine comme un poisson hors de l'eau à m'extirper d'en dessous. Ce doit être très drôle, car les deux merdeuses continuent de me filmer. Si avec ça je ne fais pas le buzz sur les réseaux sociaux, c'est que *la Fée bleue* n'est pas loin.

— Avez-vous besoin d'aide ?

Il me semble reconnaître cette voix, même si je ne peux pas me retourner pour avoir la certitude de l'homme à qui elle appartient. Mais je croise les doigts bien que cela soit compliqué dans ma position. Je n'ai pas le temps de répondre à Monsieur-Colgate (j'espère bien que ce soit lui) que je me sens attrapée par la taille et soulevée comme une plume. Je m'accroche à mon sauveur et tourne mon visage vers lui en prenant une voix langoureuse.

— Je vous remercie… heu… Monsieur !

À la vitesse de la lumière, je me détache des bras de cet homme qui pourrait être mon père. La déception doit se lire sur mon visage. Pourtant, l'homme fait comme si de rien n'était et ne s'offusque même pas de la moue d'aversion qui a envahi mon visage.

— Vous ne voulez pas que je regarde si vous n'avez rien de cassé. Vous n'avez mal nulle part, insiste-t-il.

— Je vais bien, merci. Je vais reprendre mon

vélo, et repartir par là. *Voilààà ! Merciii !*

Et je remonte sur mon vélo en donnant un beau coup de pédale, histoire de montrer à tous ceux qui me fixent que je sais parfaitement faire du vélo. Mais mes pieds ont beau faire ce beau mouvement circulaire qui donne toute sa beauté à mon fessier, je reste sur place sans comprendre pourquoi. Avec toujours le même sourire placardé sur mon visage, je remarque soudain que mon vélo a déraillé. Je continue néanmoins à pédaler dans le vide.

Le ridicule ne tue pas !

J'entends une nouvelle fois les deux merdeuses se poiler sur mon compte. Sans aucun scrupule, elles continuent de me filmer. Je sens le buzz approcher à grands pas… Je redescends du vélo et m'obstine seule à vouloir remettre la chaîne de l'endroit où elle n'aurait jamais dû s'enfuir. Mais je n'y connais rien. Je sens la présence de l'homme, qui est resté tout près de moi et qui doit me fixer d'un regard curieux. Je jette un coup d'œil vers lui et m'aperçois qu'il est loin d'être laid. Mais bon ! Il pourrait être mon père. Cependant, quelque chose me chiffonne à son sujet et je ne saurais savoir pourquoi.

— Vous permettez ? me dit-il avec une courtoisie peu commune en s'accroupissant afin de se retrouver à ma hauteur.

*Waouh !*

Ce type plairait sans aucun doute à Caroline !

Mais ce n'est pas le moment de penser à elle. Je dois lui répondre et je m'aperçois que cela me vient assez facilement. Il ne me fait même pas peur…

— Oh, c'est bien aimable à vous, Monsieur, et je vous en remercie, dis-je avec un sourire plus sincère.

Après tout, ma chère mère m'a bien élevée ! Je le laisse s'exécuter tout en laissant mes pensées voguer dans ma tête. Je songe qu'il est soudain bien trop poli pour être honnête. Peut-être, est-il en train de préparer mon enlèvement. Pour excuse, j'ai revu, il y a peu, le film *Taken*[7]. Une

[7] *Taken* : film réalisé par Pierre Morel

légère panique m'envahit et je me mets à compter mentalement le nombre de mètres qui me séparent de la sortie du parking.

Au bas mot, trente mètres !

Ensuite, deux directions possibles : gauche ou droite !

Des palpitations s'agitent dans ma poitrine et je balaye le parking à la recherche d'une fourgonnette, vitres teintées.

*Oufff !*

Je n'en vois aucune. Je déraille autant que mon vélo, je dois dire !

— Je ne peux pas remettre la chaîne, un maillon est abîmé, me dit-il avec un sourire gêné.

— Ce n'est pas grave, je n'habite pas bien loin.

Mais… qu'est-ce qu'il me prend de lui fournir ce précieux détail ?

— Je peux vous raccompagner, si vous le voulez.

Ça y est !

Ce type est là pour m'enlever !

Je savais bien qu'il n'y avait pas que dans les

films que cela arrive.

Ici !

Sur ce parking de cent mètres carrés, je vais me faire enlever, et les seuls souvenirs qu'il y aura de moi seront ceux pris en douce par les deux chipies qui se payent ma tronche. Qui plus est, je ne reverrai jamais Monsieur-Colgate. Je m'agace à penser à cet homme en cet instant si critique.

— Bon, je crois que vous ne préférez pas, me dit-il en me faisant ressortir de mes réflexions douteuses et surtout en m'ayant vue reculer de deux pas. Je vous laisse. Passez une bonne soirée, ajoute-t-il en me tendant le guidon de mon vélo.

J'hésite à m'en saisir. On ne sait jamais, bien qu'il soit plus vieux que moi, il reste un homme et cela pourrait être un piège.

— C'est une méprise, je ne voulais pas vous effrayer, ajoute-t-il en insistant pour que je me saisisse du vélo.

Je finis machinalement par accepter de le récupérer en évitant toutefois de toucher ses mains. Je reste sans voix, les jambes flageolantes. Mon pouls dépasse facilement celui qu'aborde mon cœur lorsque je prends la peine de faire un footing d'une dizaine de minutes, c'est pour dire ! L'homme monte dans une Mercedes dernier cri et il prend même la courtoisie de me saluer en passant à ma hauteur. Je reste sur place sans bouger, si ce n'est mon regard qui balaye ma ligne de vision de gauche à droite, et ce, plusieurs fois. Je suis si perplexe que j'hésite à faire un geste. J'entends de nouveau les deux petites sournoises qui éclatent de rire en disant qu'elles ont déjà deux cents vues de ma chute qu'elles ont, a priori, postée sur tous les réseaux sociaux !

— Sales gamines ! m'écrié-je d'une voix haut perchée.

Elles s'en vont en haussant les épaules tout en continuant de glousser. Je me démène à essayer de marcher jusqu'à une station Vélib' au côté de mon vélo boiteux que j'abandonne discrètement et sans aucun scrupule sur un emplacement vide. Je finis libérée et délivrée de mon engin douteux, et poursuis à pied le kilomètre qu'il me reste à parcourir pour me rendre chez moi. Durant tout ce temps-là, je regarde par moment par-dessus mon épaule au cas où l'un des voyous de *Liam Nelson*[8] n’en aurait pas eu assez avec *Taken 1, Taken 2 et Taken 3,* et qu'il reviendrait faire un *Taken 4* en me kidnappant, moi, Berthe, 27 ans, 1m57, 50 kilos et toujours aussi rousse !

Je songe que si ça se trouve, Monsieur-Colgate n’a rien d’un prince charmant. Il se peut même qu’il soit un rabatteur ou un serial killer… Je passe le pas-de-porte de chez moi en me disant qu’il faut vraiment que j’arrête de me faire des films pour tout.

Vivement mon rendez-vous chez ma psy !

---

[8] Liam Nelson : acteur Britano-Américain

# 6

Soixante-dix euros plus tard pour une séance de psy qui n'a servi à rien, si ce n'est à m'envoyer chez *Louis Vuitton* dépenser le reste d'argent qu'il me restait sur mon compte, je finis par me dire que c'était plutôt de sous-vêtements dont j'avais besoin. Ce qui ne m'empêche pas de flâner dans les étages du grand magasin *Le Bon Marché* afin de satisfaire mes envies.

— Vous êtes certaine que vous n'avez pas ce modèle en bonnets B et ce bas en 38 ?

— Certaine ! s'exclame une énième fois madame-la-marchande que je dérange visiblement depuis trente-minutes.

*Si ça te gêne de faire ton boulot, pétasse, t'as qu'à le dire, j'irai dépenser mon argent ailleurs !* dis-je dans ma tête en tirant d'un geste vif le rideau de la cabine d'essayage, affichant le visage de la cliente prête à déposer une lettre de réclamation. Je me regarde de nouveau dans l'immense miroir et je me dis qu'il n'y a pas de doute : j'ai un problème de taille ! *Brad* et *Pitt* nagent aisément dans ce bonnet C. Je crois même qu'ils sont en train de s'y noyer. Quant à mon derrière, je me retrouve avec des bourrelets qui n'existent pas lorsque je me trouve dans un 38. Je regarde de nouveau l'étiquette : 36.

M'en fiche !

La couleur et la forme de cet ensemble de sous-vêtements sont juste sublimes. Le prix est effrayant, mais je m'en moque également.

C'est décidé, je les prends !

Si je retire un peu de tissu du soutien-gorge et que je le rajoute au string, cela devrait le faire… Ils me plaisent trop pour que je me résigne à les reposer en rayon.

— Superbe, ce soutif ! s'exclame Caroline lorsque je lui montre mes achats. Mais… heu…

— *Ouais !* Je sais, il est un petit peu grand.

— Et ce string est, comment dirais-je… il est… enfin… Hein ? Mais c'est du 36 !

— Oui, je le sais aussi, mais je comptais sur tes compétences de couturière pour m'aider à déshabiller Paul pour habiller Jacques !

— Mais tu ne peux pas retirer du tissu ainsi ! C'est du *Lycra*. Dès que tu vas mettre un coup de ciseaux dedans, tout va partir en lambeaux…

— *Merdeeuuu !*

— Pour le haut, je peux toujours t'aider et te faire des pinces, mais pour le bas, ma Nénette, ça ne va pas être possible !

— Oh, il ne me va pas si mal, tu vois !

En voyant son petit nez se retrousser, je sais qu'elle n'en pense pas un mot. Mais elle ne dit rien et cela me va aussi bien. Ne pas toujours connaître ses quatre vérités, ce n'est pas mal non plus !

— Et toi, qu'est-ce que tu as à me raconter ? Georges est-il toujours aussi craquant avec ses rides de vieux ?

— Oh, ne parle pas comme ça ! Eh oui, il est toujours aussi beau !

— Je plaisante, ma Caro !

— Je l'espère bien, oui ! Il doit venir ce soir à la maison.

— Oh…, je vois… Hum, hum ! m'exclamé-je.

Caroline rit de ma taquinerie qui ne la fait pas réagir comme la dernière fois où je me suis amusée à faire ce genre de sous-entendu. Heureusement, car je ne m'en suis souvenue qu'au moment de le lui dire…

— Bon, ce n'est pas tout ça, mais je vais rentrer. Tu dois avoir quelques préparatifs d'usage à faire avant de recevoir l'élu !

— Comme tu dis ! s'exclame-t-elle en m'attrapant entre ses bras.

Je m'y love amicalement avant d'ajouter :

— Bon, allez ! J'y vais, mais il faudra que tu me le présentes, hein !

— Oui, ne t'inquiète pas ! D'ailleurs, on ne va parler que de toi ce soir !

Je m'en retourne chez moi en riant à pleine gorge. Je ne doute pas un seul instant, d'être leur unique sujet de conversation !

Quelques minutes plus tard, je me prépare un thé en me disant que je peux toujours essayer d'entrevoir Georges par le judas situé sur ma porte d'entrée. Je guette son arrivée, tantôt par la fenêtre, tantôt en ouvrant ma porte discrètement pour écouter si quelque chose bouge dans le hall de l'entrée principale. Mais rien à l'horizon durant une bonne heure. Au moment où je capitule, j'entends quelqu'un monter dans les escaliers. Je pose à la vitesse de la lumière mon mug de nouveau rempli de thé, mais je retire trop vite mes doigts qui restent accrochés sur son anse. Celui-ci se brise en plusieurs morceaux sur le sol. Je me retrouve éclaboussée par le liquide encore chaud et je tempête de ma maladresse. Tant pis ! Je me précipite sur mon judas et n'aperçois que le profil de Georges, si c'est bien lui qui monte chez Caroline. Puis, je le vois escalader avec agilité les escaliers en admirant son allure de dos.

*Mince !*

Je l'ai loupé !

J'espère que Caroline aura l'idée de faire quelques selfies bienséants de leur soirée.

Je retourne dans mon salon et ramasse les morceaux de porcelaine avant de devoir éponger le sol.

En vrai, je suis dégoûtée !

C'était ma mère qui m'avait offert ce mug avec *la Fée Clochette !*

Je patiente tard dans la nuit en me disant que Caroline risque de m'appeler pour me raconter sa soirée. Mais en voyant deux heures du matin arriver, je crois bien que Georges est resté dormir chez elle… Comme pour exorciser le fait d'avoir brisé ma grande tasse préférée, je décide de visionner un film de Disney. *La Belle et la Bête* fera très bien l'affaire. Je m'endors après quelques minutes en rêvant de Monsieur-Colgate. À mon réveil, je sens que ce type-là, je l'ai, d'une manière ou d'une autre, déjà dans la peau !

# 7

Nous sommes samedi matin et je n'ai pas revu Monsieur-patate depuis trois semaines. Je l'ai renommé ainsi du fait qu'il ne se décide pas à se montrer. Après tout, je ne vais pas l'embellir d'une quelconque façon en lui donnant un nom charmant alors qu'il ne cherche même pas à me revoir. Si ça se trouve, je ne lui ai fait aucun effet et il m'a oubliée aussitôt après avoir quitté la supérette.

*Mince !*

J'ai encore oublié d'aller faire pipi avant de me rendre sous ma douche. Heureusement que personne n'est là pour le voir. Je laisse l'eau chaude continuer de s'écouler sur mon corps que je prends plaisir à savonner langoureusement, privilège du célibat ! Je me rince quand soudain, une coupure de courant surgit. Je me retrouve dans l'obscurité de ma salle de bain qui n'a aucune fenêtre. Ce n'est pas bien grave. Je connais par cœur où se trouve chaque chose. Je me rince puis je me sèche avec une serviette. Sans électricité, je ne peux pas me faire de brushing.

Tant pis !

J'opte pour une queue de cheval. Mes cheveux auront tout simplement quelques frisottis dès qu'ils seront secs. Je retourne dans ma chambre pour me maquiller à la seule lumière de mon iPhone.

Je sais, ce n'est pas génial, mais c'est toujours mieux que rien !

Je me prépare comme si je sortais en boîte de nuit. Enfin, comme si je sortais tout court, car je ne fréquente pas ces lieux. Je ne suis pas vraiment *Shakira* sur le *dance floor.* J'ai enfilé quelques minutes plus tôt mon sublime ensemble de sous-vêtements qui me va, à mon grand désespoir, comme une moufle.

*Brad* et *Pitt* font une brasse coulée tandis que j'ai l'impression d'avoir mis le string à l'envers !

Je n'ai pas eu le temps depuis que je l'ai acheté, de faire lesdites retouches, mais mon envie de le porter est trop forte. Je m'admire une dernière fois dans le miroir situé derrière la porte de ma chambre malgré la lumière du jour qui peine à entrer par la fenêtre. Le temps n'est pas au beau fixe, mais, de nouveau, ce n'est pas bien grave.

Je me sens belle !

Lorsque je croise certains passants, je les vois me sourire et je leur souris en retour. Je les trouve charmants. Je me sens un peu plus sûre de moi, ainsi maquillée et habillée pour une soirée bien que je ne me rende qu'à la supérette. Même mes pieds se sont tout de suite adaptés à mes escarpins. Je rêve en silence de revoir Monsieur-patate, tout en me saisissant d'un caddie. Je pousse celui-ci avec légèreté et j'ai plus l'impression de faire une promenade qu'une corvée de courses. Je passe bien entendu au rayon patates-aubergines, mais pas de Monsieur-Colgate dans les alentours.

Oui, après réflexion, et surtout en l'imaginant en Monsieur Patate de *Toy Story*[9], je préfère de loin lui redonner ses Lettres de noblesse.

Je me saisis d'un article par-ci et d'un autre par-là, et je remplis presque avec élégance, mon chariot. J'ai l'impression d'être une princesse Disney tant je me sens envahie de grâce et de beauté. Les gens continuent de me sourire, mais lorsqu'un enfant éclate de rire en me regardant tout en me montrant du doigt, un doute m'habite. Mon caddie coincé entre chacune de mes mains, je fonce au rayon beauté en glissant comme sur des patins à glace, prête à battre tous les records du monde de vitesse, pour trouver un miroir. Plus qu'un virage et là ?

*Merdasse !*

Je tombe sur Simon, mon ex !

Enfin, je le vois seul avec le visage quelque peu déconfit. Je fais marche arrière dans le plus

---

[9] *Toy story* est le premier long-métrage d'animation en images de synthèse réalisé par John Lasseter des Studios Pixar

grand des silences malgré mes talons aiguilles. Je ferme les yeux fortement avec l'espoir qu'il ne m'a pas vue. Je vais même jusqu'à compter jusqu'à trois avant de les rouvrir. Trop tard, Simon se dirige déjà vers moi d'un pas sûr. Malgré mon désespoir, je lui souris bêtement jusqu'à en oublier d'aller vérifier mon maquillage dans un miroir.

— Salut !

— Salaud !

Il fait comme si de rien n'était et s'approche de mon visage pour déposer un baiser sur mes lèvres.

— Tu plaisantes, j'espère !

— Je ne sais pas ce qu'il m'a pris de tout quitter ainsi !

— Tout quitter ! C'est moi que tu as quittée, je te rappelle !

Mon aigreur est aussi grande que si notre séparation datait de la veille.

— Je t'aime, Berthe ! Il n'y a que toi !

— *Oh, ça sent le mec plaqué !* songé-je aussitôt.

Non, ne retombe pas sous son charme, non ! Dis non ! Mais il s'empare de mes mains et les porte à ses lèvres. Puis, il m'attire à lui et me serre dans ses bras.

*Meeerdeuuu !*

J'en ai rêvé pendant six longs mois et maintenant que cela arrive, je me sens dépassée. Est-ce que j'ai envie de reprendre ma vie avec lui comme si de rien n'était, ou bien je préfère rompre tout de suite ? Je n'arrive pas à me décider et il en profite pour m'embrasser.

*(Re)merde !*

Je le laisse s'immiscer dans ma bouche et j'essaie de prendre du plaisir. Mais je ne sais pas. Quelque chose cloche. Je n'en ai plus tant l'envie que ça.

Il a tout de même mis sa langue dans la bouche de cette blondasse !

Il m'enlace toujours de ses bras fermes lorsque je relève la tête pour le regarder et lui dire ses quatre vérités. Mais je sens le regard de quelqu'un d'autre peser sur moi. Je tourne légèrement la tête vers la droite et ?

Oh, non !

Ce n'est pas possible !

Monsieur-Colgate est là en train de nous fixer. Interdite, je le vois déserter les lieux. Aussi, je me libère, tant bien que mal, de l'étreinte de Simon et m'oblige à lui dire en dix secondes que tout est fini entre nous. Je le délaisse devant les étals de fruits pour partir à la recherche de mon bel Apollon. J'arrive à me souvenir qu'il a lui aussi un caddie.

C'est donc l'heure des grandes courses pour lui aussi !

Ma volonté est à son maximum lorsque je longe sans exception tous les rayons avec mon caddie sans opérer le moindre arrêt pour compléter mes premiers achats. Ma ténacité est récompensée puisque je tombe finalement sur lui.

— Bonjour ! m'exclamé-je, bien qu'il ne me regarde pas.

Il se retourne vers moi et me salue d'un simple bonjour. Je le trouve déjà délicieux.

— Je vois que vous allez mieux, dit-il avec un sourire mi-figue mi-raisin.

— Oui, je vais bien mieux que la dernière fois. Enfin, pas que j'allais si mal non plus, mais…

Et voilà ! Je recommence à me pourrir une situation qui au départ semblait être bien partie.

Enfin, l'espoir fait vivre !

Il ne m'a pas encore fui, je me dis donc que j'ai toutes mes chances…

— Je vois que vous faites vos courses ! dis-je, l'œil intelligent.

— Oui ! Que faire d'autre dans un magasin ? rétorque-t-il, certainement surpris par ma question.

— What else[10] ? m'exclamé-je dans un anglais à l'accent incertain en essayant d'imiter *George Clooney*[11], espérant ainsi le voir sourire.

Mais il ne rit absolument pas. Je tente de distinguer de la retenue chez lui, mais je ne vois rien. Pas même un petit bout de ses lèvres s'incurver tandis que je contiens avec difficulté un rire nerveux. Soudain, la voix de Val résonne dans ma tête : « Tu n'es pas drôle… » Je chasse aussitôt

---

[10] *What else !* en anglais dans le texte : Quoi d'autre !

[11] George Clooney : acteur américain, réalisateur, scénariste et producteur de cinéma américain

cette bécasse de ma tête tout en ressentant quelques perles de sueur naître dans mon dos. Je suis bienheureuse d'avoir encore abusé de mon parfum.

Il ne manquerait plus que je sente la transpiration de bon matin !

Restée silencieuse de mon grand flop, je me force à sourire de toutes mes dents bien qu'elles ne soient pas aussi blanches que les siennes ; il doit certainement utiliser un traitement de blanchiment…

— Bon, je vais retourner à mes courses et vous, aux vôtres je suppose, dit-il d'une voix qui continue de me faire fondre.

J'imagine sans mal nos courses retenues dans un unique caddie qui ferait de nous un couple.

Hein ?

Qu'est-ce qu'il a dit ?

Ses paroles finissent par se faire jour dans ma tête.

*Nan !*

Je ne veux pas le laisser me fuir de nouveau.

— Oh, mais…, je ne suis pas pressée. On a

même le temps d'échanger une recette d'aubergines, qu'en pensez-vous ?

— Je crains que cela déplaise à votre conjoint qui vous attend, lâche-t-il le visage fermé en essayant de me contourner.

Je l'arrête aussitôt en bloquant son caddie d'une main que je dépose sans le vouloir sur la sienne. Je me rends compte qu'il ne dérobe pas sa main, bien large, à la mienne, qui semble soudainement si fragile. Je jette un coup d'œil vers Simon qui me fait signe de revenir vers lui.

Même pas en rêve !

— Heu… Ce type là-bas n'est pas mon mari ni mon copain, d'ailleurs… Je suis TO-TA-LEEEEU-MENT CÉ-LI-BA-TAI-REEEU ! m'écrié-je presque à m'en décrocher la mâchoire, histoire que Simon m'entende également.

— Ce n'est pas l'impression que j'en avais. Mais soit ! Cela ne me regarde pas.

— Mais bien sûr que si, cela vous regarde ! dis-je en me rendant compte de mes paroles pleines d'inepties tout en conservant ma main sur la sienne.

S'il est encore là dans les cinq secondes qui suivent, cela veut dire que je l'intéresse. Dans le cas contraire, je crains qu'il ne me prenne pour une menteuse ou une folle furieuse ou, que sais-je encore !

Allez ! Un, deux, trois, quatre, cinq ! compté-je en silence d'une traite.

*Oufff* !

Il est encore là et, resté silencieux, il me fixe de son beau regard bleu. Je retire ma main de la sienne sans l'effleurer. Il ne manquerait plus qu'il me prenne pour une nana capable de violer un homme. Je plonge mon regard dans ses beaux yeux et me rapproche d'un pas vers lui. Ma psy m'a toujours dit qu'il y avait plusieurs cercles autour de chacun de nous et que chaque fois que l'on en franchit un, c'est un pas de plus dans l'intimité de l'autre. Je me sens relativement assez proche pour poursuivre notre conversation si jamais nous en avions véritablement une.

— Faites-vous toujours vos courses, ici ?

— Oui.

— Ah ! Vous habitez sans doute tout près !

— Non.

— Le quartier ?

— Non.

— La ville, sans doute ?

— Non plus.

Punaise !

Il s'éclate grave le mec !

Ses réponses du tac au tac sont d'un ennui mortel. J'espère qu'au lit, il est plus… Je me sens rougir en l'imaginant nu dans mes draps. *Recentre-toi, Berthe !*

— Oh, mais je vois que vous n'avez pas encore acheté d'aubergines.

Tous les moyens sont bons pour entretenir une conversation qui ressemble plus de ma part à une quête de l'Inquisition espagnole.

— Non, il n'y en avait plus en rayon. Mais, poursuit-il, la personne du rayonnage m'a dit qu'elle allait en remettre d'ici une vingtaine de minutes.

Il termine sa phrase en regardant sa luxueuse montre.

— Je vous ennuie peut-être !

— Non ! Je regarde l'heure uniquement pour aller chercher des aubergines. Les aubergines ? Vous n'avez pas déjà oublié !

Comment pourrais-je oublier ce légume qui est la source d'un malentendu qui ne pouvait pas arriver mieux dans ma vie ? Il me regarde et me sourit. Je fonds littéralement. D'ailleurs, ne serait-il pas en train de me proposer un nouveau-rendez-vous-malentendu-au-rayon-patates-aubergines ? Je décide de rebondir là-dessus.

— Eh bien, que le meilleur gagne !

Je m'apprête à filer au-devant de lui, mais il m'interrompt en stoppant à son tour mon caddie d'une main ferme et large qui se pose sur l'une de mes mains. Je sens mon ventre se charger d'une multitude de papillons et je souris bêtement.

— Vous ne voudriez pas vous rendre avant au rayon beauté ? me conseille-t-il un brin gêné.

— Non ! Pourquoi ?

— Vous pourriez ainsi, comment dirai-je…, ajuster éventuellement votre maquillage…

Les mots planent au-dessus de ma tête comme les petits *zoziaux* d'un dessin animé avant de se transformer en enclumes.

— Non ! Ce n'est pas vrai ! Ce n'est pas possible ! m'écrié-je en posant mes mains sur mes joues.

Entre Simon et mes retrouvailles avec Monsieur-Colgate, j'ai complètement oublié d'aller vérifier mon allure. Toujours embarrassé, il me répond par une sorte de grimace que je trouve très sexy. Mais je n'ai pas le temps de m'éterniser sur sa beauté.

Je repose mes mains sur mon caddie avec une seule idée fixe : trouver un miroir !

Je pousse tellement mon chariot que c'est lui qui finit par me tirer vers l'avant.

Plus qu'un virage, et la vérité éclatera !

Même si ce miroir est emballé, la transparence du plastique devrait me fournir la tendance de mon maquillage.

Oh, Seigneur !

Je savais bien que cette *Terracotta* était trop teintée pour ma peau de rousse !

J'ai le visage coloré comme si j'avais abusé des U.V. !

Et mes joues, mon Dieu !

Elles présentent un rose plus que suspect !

En fin de compte, les gens ne me souriaient pas !

Ils se moquaient de moi !

Je ne suis véritablement qu'une cruche !

J'attrape un sachet de coton et du démaquillant et m'attelle à m'ôter ce maquillage aussi vite que je le peux.

— Oh, non ! m'écrié-je, à voix basse, en voyant un vigile arriver droit vers moi à grands pas.

J'active le démaquillage, mais je sens qu'il est trop tard pour faire croire que si je regarde de près cette bouteille de démaquillant, ce n'est que pour en connaître la composition…

— Madame ! C'est interdit de se servir dans les rayons. Vous devez régler les produits avant de les utiliser.

— Oui, oui ! Ne vous inquiétez pas. Je vais tout régler, mais j'ai besoin de me démaquiller, si vous voyez ce que je veux dire…

— Non ! C'est trop facile ! Des gens comme

vous, il y en a des dizaines par jour. C'est interdit ! Arrêtez ça immédiatement !

Je sens mon œil gauche me brûler lorsque ce justicier, vengeur d'innocents et dont la seule mission dans sa vie doit être de punir les coupables, décide de m'arracher le coton avec lequel je me démaquille. Je sens mon mascara couler en même temps que mon œil pleure.

— *Merdeuuu !* Mais rendez-moi ce coton ! m'écrié-je de nouveau en me jetant sur lui.

Ni une ni deux, je me retrouve plaquée par une femme vigile qui doit faire trois fois mon poids, sans compter sa taille. C'est une géante !

— Alors, ma jolie ! On ne veut pas régler ses achats aujourd'hui ?

— Ah, mais non ! C'est un malentendu ! Je vous assure ! Je règle tout ce que vous voulez !

— Trop facile ! Allez, on l'emmène au bureau du directeur !

Et me voilà menottée par les bras de la sœur d'Arnold Schwarzenegger qui me traîne jusqu'à l'entrée du magasin. Tout le monde me voit et je suis dans un état lamentable. Je passe devant

Simon qui se détourne de moi et je ne peux m'empêcher de murmurer : « sale con ». Puis, je vois Monsieur-Colgate qui me regarde, inquiet. La honte envahit amplement mon visage à moitié démaquillé, et mon œil pleure toujours, tant mon mascara me brûle la rétine. Si je ne termine pas borgne et en prison, il est clair que je ne suis pas près de revoir Monsieur-Colgate !

Je me sens au bout de ma vie lorsque je compose le numéro de Caroline. Mais elle ne répond pas. Elle doit être occupée à faire du social avec sa personne âgée. Je me morigène en silence d'avoir une telle pensée à l'encontre de mon amie qui, d'habitude, est toujours là pour moi.

Finalement, une heure plus tard, après avoir été sermonnée comme une gamine de douze ans, je ressors du bureau de la sécurité de la supérette, enfin libre. En parcourant l'Allée Centrale, j'ai tellement mal au pied que je retire mes talons. J'essaye de marcher le plus naturellement possible malgré le regard des gens. J'arrive au dehors et je prends une grande goulée d'air comme si je sortais réellement de prison. C'est alors que sur ma droite, je vois un homme. Il s'agit de Monsieur-Colgate et il a l'air de m'attendre, moi, Berthe, 27 ans, 1m57 et certainement un kilo de plus que la veille avec cette glace que j'ai engloutie hier soir. Je reste interdite et me demande si je dois faire un pas vers lui…

# 8

*Vous pensez comme moi qu'il m'attend là*, depuis une heure, pour mes beaux yeux ?

Enfin ! Pour mon bel œil, car je dois avoir une mine lamentable vu que personne n'a accepté que je continue mon démaquillage avec de vrais produits. J'ai dû le faire uniquement avec l'eau suspecte d'une vieille bouteille en plastique à moitié vide contenant certainement le virus Ebola et un mouchoir en papier, heureusement pour moi, proprement plié. Je ne sais pas à quoi je ressemble, mais je préfère ne pas évaluer mon visage pour le moment. Aussi, il me paraît plus sage de partir dans la direction opposée à celle de cet Apollon. Je me sens bien trop excédée pour engager la moindre conversation avec lui. Mais en trois enjambées, il se retrouve derrière moi et m'interpelle.

— Mademoiselle ! lâche-t-il une seconde fois.

Le timbre de sa voix est si délicieux que j'accepte d'interrompre mon pas. Mais je préfère ne pas me retourner vers lui. Il pourrait croire que je sors tout droit des *Contes de la Crypte.*

— Est-ce que ça va ?

Et là ! je ne sais pas ce qu'il m'arrive. Je fais volte-face, un œil écarquillé de stupeur, l'autre à moitié fermé.

— Si ça va ? Sérieusement ! dis-je en visant avec mes index mon visage. Vous pensez que de me faire arrêter dans une supérette blindée de caméras et accusée de vol à l'étalage pour avoir voulu me démaquiller parce que je n'avais plus de courant chez moi ce matin et que je voulais vous plaire et que je n'y suis malencontreusement pas arrivée et que j'ai mal aux pieds et que je ne sais même pas faire cuire une aubergine et que j'ai honte à en mourir et que je vais certainement finir vieille fille au lieu de croire que sur un malentendu entre nous deux, ça aurait pu marcher et que…

Je me sens interrompue dans mon

monologue à couper le souffle quand sa bouche vient s'écraser sur la mienne. Je m'accroche à ses bras qui m'enlacent avec force et envie. Il passe la barrière de mes lèvres sans affronter la moindre résistance de ma part et sa langue vient caresser la mienne avec douceur.

Hum !

J'ai l'impression de me transformer en guimauve et je sens bien qu'il a l'air d'adorer cette confiserie.

Mon Dieu !

Faites que je ne me sois pas encore évanouie !

Mais, non !

Je suis bien lovée entre ses bras, serrée contre son corps, et son baiser dure une minute.

Peut-être même plus !

À l'évidence, j'ai perdu toute notion du temps !

Mes jambes touchent à peine le sol et je me sens dans un autre monde. Lorsqu'il se détache de moi, je reste accrochée à lui.

— Je vous prie de m'excuser, dit-il, gêné, en se frottant l'arrière de la tête tout en reculant d'un pas. Je ne sais pas ce qu'il m'a pris.

*Ah, non, imbécile ! Tu ne vas pas t'excuser de m'avoir embrassée !* me dis-je en silence, fortement irritée tout à coup, en ayant envie de lui envoyer une bourrade sur l'épaule. C'est le pire affront qu'une nana peut recevoir de la part d'un homme. Il vient d'annihiler mon doux espoir de passer quelques jours heureux à ses côtés. Mais comme je sens que notre brève relation risque de ne pas dépasser la minute qui suit, je préfère éviter de le lyncher en public. Je tourne brièvement la tête au cas où les deux merdeuses de la dernière fois seraient déjà en train de filmer ma déconvenue pour la publier sur YouTube.

*Oufff !*

Il n'y a personne aux alentours. S'apercevant que je ne lui ai pas répondu, il poursuit.

— Je sens que vous allez mieux. Je vais vous laisser.

— Non !

— Si !

Punaise ! Il recommence avec ses réponses à la noix !

— Je crois qu'il vaut mieux pour vous que je vous voie un autre jour, dit-il en se saisissant de ma main gauche pour la porter à ses lèvres.

*Waouh !*

Je me sens frissonner de nouveau. Il se passe quelque chose entre nous, c'est indéniable ! Mais il poursuit déjà en relâchant ma main :

— À une prochaine fois. Lorsque vous aurez les idées plus claires, ajoute-t-il avec sérieux.

— Mais je suis hyper claire ! C'est même mon deuxième prénom ! mens-je en le laissant m'échapper une nouvelle fois.

— Je viens faire des courses tous les samedis matin, lâche-t-il dans les airs en marchant à reculons avec un large sourire qui découvre ses magnifiques dents blanches.

Bien que je vienne de me prendre un râteau, j'attrape en plein vol ses mots avec un sourire identique, les dents ultra-blanches en moins. Je rentre chez moi avec une hâte folle de me débarbouiller le visage. Une fois fait, je retire mon string, taille 36, qui m'a chauffé les fesses et marqué au fer rouge les hanches tant il est étriqué, puis j'enfile un jean ! Je monte ensuite comme une furie chez Caroline sans me préoccuper de la déranger ou non. Je suis trop pressée et excitée de lui raconter ma super matinée !

J'appuie trois fois sur la sonnerie et cogne tout autant à sa porte d'entrée avant qu'elle ne daigne m'ouvrir.

— Qu'est-ce qu'il y a ? lâche-t-elle, le regard plissé et sa longue chevelure décoiffée.

— Tu dormais encore à cette heure-ci !

— Dormir ? Non, pas vraiment !

— Oh, *mince !* Georges ?

— Oui, Georges, répète-t-elle avec un sourire mutin.

— Il est là ?

Elle me répond par un hochement de tête avec un splendide sourire.

— Tu préfères que je repasse dans la soirée ?

— Georges sera toujours là. Mais si tu veux, tu peux venir dîner avec nous. Ce sera l'occasion de te le présenter…

Et elle me claque la porte au nez en riant. Je repars chez moi avec une joie identique. Je sens que je vais passer une belle soirée. Enfin, si Georges accepte d'écouter des histoires de filles !

# 9

— Bonsoir, Monsieur, dis-je solennellement comme si je m'adressais au directeur de mon ancienne école maternelle.

Soudain, je reconnais le vieil homme du parking qui voulait m'aider (ou m'enlever) lors de ma chute lamentable et de mon déraillement irréparable. Mais comme il ne me reconnaît pas, j'évite de me rappeler à son bon souvenir.

— Bonsoir, Mademoiselle Berthe ! me dit-il en prenant soin de me tendre la main. Appelez-moi Georges, ajoute-t-il avec un agréable sourire que je qualifie toutefois de charmant.

Je m'attends à ce qu'il me serre la main, mais il n'en fait rien. Il me prend au dépourvu en la portant à ses lèvres pour l'effleurer. Ce geste me fait aussitôt penser à Monsieur-Colgate bien que ce dernier n'ait pas hésité, lui, à y poser entièrement ses lèvres. Je note dans ma tête qu'il me faudra lui demander son nom, voire son prénom. Il ne peut pas avoir mis sa langue dans ma bouche sans que nous fassions, la prochaine fois, quelques présentations d'usage. Caroline me sort de mes réflexions silencieuses en me demandant de m'installer à leur côté sur le canapé. Je m'exécute en même temps qu'eux. Puis, nous entamons une discussion. Je finis par apprendre que Georges a déjà offert une bague de fiançailles à Caroline.

— Comment ça, vous êtes fiancés ? Fiancés, comme en vue de se marier pour le meilleur et pour le pire ?

— Eh bien oui ! Pour quelle autre raison offrir une bague à une femme, exceptionnelle, ajoute-t-il en regardant Caroline avec les yeux brillants de bonheur, si ce n'est pour ne rien en attendre ?

— Okay ! Je vais avoir besoin d'un autre mojito ! m'exclamé-je. Mais vous vous connaissez à peine !

— Point n'est besoin de nous connaître mieux, me répond Georges comme s'il se trouvait dans un siècle passé.

— Ah, ben si, quand même ! insisté-je.

— Caroline est la certitude que j'attendais depuis de longues années. Elle est mon avenir, mais également mon présent.

*Waouh !*

Je suis soufflée par ses paroles. Il a véritablement l'air amoureux. Je regarde Caroline qui semble éprouver la même chose.

— Remarque, si *Robert Kincaid*[12] arrive à tomber follement amoureux en trois jours de *Francesca Johnson*, je ne devrais pas être surprise que vous y soyez parvenus en trois semaines…

— Ah ! Georges ! Tu vois ! Je ne t'avais pas menti à propos de Berthe ! Ses références sont toutes cinématographiques ! Et le film *Sur la route de Madison* se place en seconde position dans ses

12 Personnages de fictions du film *Sur la route de Madison* du réalisateur Clint Eastwood adapté du best-seller de Robert James Waller

préférences. Je ne me trompe pas, hein, ma Bichette ! ajoute-t-elle en me souriant.

— Okay ! *C*'n'est pas faux ! Mais si je comprends bien, vous avez déjà fait des projets, posé une date de mariage, planifié des enfants sans doute, et…

— Georges a déjà une fille et un fils, m'interrompt Caroline.

— Tu m'étonnes ! lâché-je avant de sourire comme une gourde. Enfin, cela me paraît évident vu que vous semblez *légèrement* plus âgé, Georges.

Je crois bien que je viens de réussir à rattraper ma bévue. Georges continue de me sourire tout en se saisissant de la main de Caroline, enlaçant ainsi ses doigts aux siens. Je trouve cela charmant et ma jalousie s'en trouve piquée. Je les envie d'être déjà si complices.

— Alors, Georges ! Parlez-moi donc de ce garçon et de cette fille ! Vivent-ils encore chez leur maman ?

Caroline me fait les gros yeux. Je crois que je viens de faire de nouveau une belle bourde. Je rétorque aussitôt :

— Je suis désolée, Georges, je ne voulais pas me montrer si impolie.

— Oh, ce n'est rien, Berthe. Et il est normal que vous appreniez un peu à me connaître. Je vous enlève votre meilleure amie, donc je vous dois bien cela.

Cet homme est une crème et je suis bienheureuse pour Caroline.

— Leur mère est décédée en mettant au monde Magnus, me répond-il sans jugement à mes paroles gênantes. Il y aura trente ans exactement dans une semaine.

Malgré ces paroles dramatiques, je retiens le prénom Magnus aussi mochard que le mien, puis au fait que cet homme va avoir trente ans. Ce qui veut dire que Georges a…

— J'ai cinquante-quatre ans, si c'est ce que vous vous demandiez.

Cet homme est extra-lucide !

— Mais pas du tout ! Pas du tout ! répété-je afin de me laisser le temps de la réflexion pour savoir ce que je vais bien pouvoir dire pour m'en sortir. Je réfléchissais au fait que vous alliez certainement préparer un bel anniversaire à votre fils, voilà tout !

— C'est bien le cas, en effet !

— Et j'espère que tu seras présente, insiste mon amie.

Et me voilà donc invitée à l'anniversaire de Magnus. Ce prénom est comme un remède à la laideur de mon prénom. Il est loin d'être sexy et ne me donne absolument pas envie de connaître son propriétaire. De toute façon, cet homme doit déjà être marié avec une ribambelle de gamins à la clé !

Je passe une soirée bien agréable avec Caroline et Georges, si belle que j'en oublie de leur raconter ce qu'il m'est arrivé ce matin à la supérette. Georges me souffle toutefois discrètement en me disant au revoir :

— J'espère que votre vélo se porte mieux…

Puis, il me sourit et je fais de même. J'apprécie sa discrétion pour ne s'être pas moqué de moi devant ma copine… Je rentre chez moi et décide de me coucher en rêvant à Monsieur-Colgate. Deux heures plus tard, un cauchemar me vaut de me réveiller en nage lorsque mon bel inconnu me dit se prénommer Magnus ! Si c'était vrai, il me paraît invraisemblable d'imaginer sortir avec lui. *Bonjour, je vous présente mon copain, Magnus, et moi je suis Berthe !* Non ! Ça craint trop ! Je me rassure en me disant que la probabilité d'avoir deux hommes qui portent ce prénom dans mon entourage est impossible. Plus sereine, je me rendors jusqu'à ce que mon réveil décide de me *supplier* de sa voix de crécelle la plus sensuelle : « lève-toi, ma grosse ! »

*Oups !*

Ces phrases toutes faites sont vraiment nulles !

# 10

Je passe les premiers jours de la semaine à prendre soin de mes petits vieux, comme j'aime à les appeler. Mais j'ai rendez-vous ce matin avec Cruella d'Enfer. Je ne sais pas ce qu'elle me veut, et bien qu'elle ne m'ait jamais fait de remarque sur mon travail, je sais qu'elle n'est pas tendre avec le personnel. Je repense à Florence qui travaillait encore avec moi, il y a quinze jours. Lorsque je frappe sur la porte de son bureau et que je l'entends au travers de la porte s'écrier : « Entrez ! », je sens que cela n'augure rien de bon…

— Berthe ! Vous voilà enfin !

J'ai l'horrible sensation qu'il ne me reste que quelques minutes à vivre. Mais il n'est pas dit que je ne me défendrai pas jusqu'au bout ! Après tout, je n'ai pas souvenir d'avoir fait d'erreur dans mes tâches quotidiennes.

— Bonjour, Madame Lutèce, prononcé-je d'une voix que je souhaite enjouée.

— Asseyez-vous !

Je m'exécute aussitôt sans broncher comme si j'avais fait une bêtise. Ma résolution première de combattre Cruella vient de tomber à l'eau…

— Vous devez vous douter de la raison pour laquelle je vous convoque aujourd'hui, Berthe !

— Heu… Non, Madame Lutèce.

— J'ai mené ma *p*'tite enquête la semaine dernière et également ce lundi. En me rendant dans les chambres de mesdames Récamier et Hugo, des effluves de votre parfum flottaient dans les airs. On vous sent à quinze mille ! C'est inconcevable, vous m'entendez !

— Vous voulez que je change de parfum ?

— Oui !

— Quelqu'un s'en est-il plaint ?

— Non !

— Alors, pourquoi devr…

— Il me déplaît, un point c'est tout ! Arrêtez

d'en mettre !

Ma rébellion se réveille enfin et m'anime plus que je ne l'aurais pensé.

— Ah, mais non ! Hors de question ! On verra bien ce que dira la FO !

— On verra bien, surtout, qui sera sans boulot avant la fin de la semaine ! s'écrie-t-elle en se relevant de son siège qu'elle envoie valdinguer trois mètres derrière elle.

J'échoue piteusement dans ma tentative d'insurrection. Je ne sais pas ce qu'il m'a pris de parler de syndicats. Je ne sais même pas ce qu'ils représentent. Mon cœur bat si rapidement que je tarde à rétorquer quelque chose. Ma bouche se pince, s'ouvre, se referme sans qu'aucun mot ne traverse la barrière de mes lèvres. Je ferme brièvement les yeux et décide d'obéir à Cruella d'Enfer. J'ai trop besoin de ce travail et puis j'adore mes petits vieux. Je retourne à mon poste, envahie d'une immense frustration.

— Allez, plus que deux jours de travail, et c'est le week-end ! m'exclamé-je pour me remotiver.

Mais je n'en mène pas large. Mon parfum est un prolongement de moi-même. Il me fait me sentir plus sûre dès que je le porte. Et y renoncer m'est inconcevable.

Je rentre ce soir-là, le cœur un peu aigri. Je m'aperçois que Caroline m'a laissé un message sur mon portable pour me dire qu'elle a posé son vendredi après-midi et me demande d'en faire autant afin que l'on fasse les boutiques ensemble. Elle veut nous voir belles pour l'anniversaire du fils de Georges. N'ayant pas le cœur à discuter ce soir, je lui réponds par texto.

« Coucou, Caro ! Je poserai demain ma demande de RTT. En espérant que Cruella l'accepte… »

« Super ! Mais on dirait que ça ne va pas… »

« Si, tout est okay ! Je fonce sous ma douche ! »

« N'oublie pas les w.c. avant ! ;))))))) »

« Très drôle ! ^^* »

« Je t'embrasse <3 »

« Plein de bisous, ma Caro <3<3 »

Je branche mon portable afin de le recharger

et mets un plat surgelé à cuire dans le micro-ondes. Je me déshabille directement dans ma salle de bain et me glisse sous la douche. Un rire nerveux me saisit en me rendant compte que j'ai oublié de passer aux toilettes auparavant. Je me soulage et mon rire se transforme soudain en pleurs. Je suis incapable de m'arrêter. Je reste sous ma douche jusqu'à temps que l'eau devienne tiède… Deux cents litres d'eau viennent de me passer sur le corps et je me sens toujours aussi mal. Je me couche en ayant un profond vide en moi. Je ne sais pas pointer ce qui me chagrine autant, mais j'ai tout simplement envie de pleurer encore…

Je me réveille avec un terrible mal de crâne. Commencer la journée par ingurgiter du paracétamol n'est pas ce que je préfère. Qui plus est, j'ai beau essayer de me maquiller, mon visage ressemble trait pour trait à celui de *Mister Magoo*[13] !

---

13 *Mister Quincy Magoo* est le personnage du dessin animé du même nom créé par John Hubley

J'ai tant pleuré cette nuit que mes yeux sont tout gonflés. Heureusement que je ne dois pas revoir Monsieur-Colgate avant samedi matin. D'ici là, je devrais avoir retrouvé un visage normal…

La semaine s'est écoulée et je retrouve ce vendredi après-midi mon amie de toujours. Nous faisons ensemble les magasins et je ne sais pas pourquoi elle est si obstinée à ce que je me mette sur mon 31 pour l'anniversaire de Magnus, dont j'ai appris le célibat.

Sérieusement !

Elle croit que quoi ?

Que je pourrais sortir avec un type qui porte un tel prénom ?

*Nan !*

Je conserve pour moi mes *a priori* et m'aperçois que cette farandole d'essayages finit par me plaire. Je fais chauffer ma carte bleue et je sens que tout un tas de SMS de mon banquier ne saurait tarder à me parvenir, si tant est que ma carte ne soit pas bloquée avant !

# 11

Ce samedi matin, Brad & Pitt sont à nouveau heureux dans ce nouveau soutien-gorge qui les moule parfaitement. Ce push-up me donne fière allure ! Je me prépare avec soin et m'assure de ne pas abuser du maquillage.

De toute façon, j'ai jeté ma *Terracotta* !

Je pars en courses, prête à affronter Monsieur-Colgate !

Lorsque j'arrive à notre petit lieu de prédilection, je le vois dans le rayon patates-aubergines en train de rire avec une femme. Comparée à moi, elle est immense et belle comme si elle sortait d'un magazine de mode. Je suis au bout de ma vie lorsqu'elle se penche vers lui et qu'il l'embrasse tendrement sur la bouche ou la joue, je ne saurais le dire.

Je vois rouge, vert, bleu !

Toutes les couleurs de l'arc-en-ciel y passent !

— *Naaan !* Ce n'est pas possible !

Je m'aperçois que je viens de m'exprimer à voix haute. Le couple se retourne vers moi et je n'hésite pas une seconde à m'enfuir en voyant Monsieur-Colgate me suivre à grands pas.

— Attendez, s'il vous plaît !

Il se positionne devant moi afin de me bloquer le passage. Je n'ai d'autre possibilité que de lui répondre.

— Ah, bonjour ! Vous ici ! Comme c'est drôle !

Franchement, je me sens lamentable de dire des choses pareilles !

— Je vous attends depuis une heure…

— Mais bien sûr ! réponds-je en montrant du chef la sublime femme qui est restée près de *leur* caddie !

Comme je sens qu'il me prend vraiment pour une sotte, je ne lui laisse pas le temps de me répondre.

— Bon, ben, bonne journée, hein ! dis-je avec

un sourire factice.

— Il y a un malentendu, je vous assure.

— Oui, c'est vrai ! Un de plus ou un de moins, je ne suis plus à ça près avec vous !

Puis, je tourne les talons comme une pimbêche. Je remets mon caddie vide à sa place et je m'enfuis chez moi. J'ai envie de pleurer sur mon sort, mais j'ai épuisé toutes mes larmes les jours précédents. Je grignote à peine le midi et ne prends pour seul plaisir que de savourer un thé à la menthe, tout en poursuivant une lecture débutée quelques jours auparavant. *Le Diable s'habille en Prada*[14] a quelque chose de semblable avec ma vie professionnelle !

Caroline m'envoie un texto pour savoir dans combien de temps je serai prête pour me rendre chez le fils de Georges.

*Meeerdeuuu !*

J'ai complètement oublié l'anniversaire de Magnus ! Je ris à la prononciation à voix haute de

---

14 Film de David Frankel d'après l'œuvre de Lauren Weisberger

ce prénom. Il va falloir que je me pince pour ne pas éclater de rire lorsque Georges va faire les présentations…

Je n'ai presque pas de regrets de m'être aussi bien apprêtée ce matin. Ainsi, lorsque Caroline arrive une demi-heure plus tard, je suis parée, prête à monter en voiture avec elle. Sur la route qui nous emmène à cet anniversaire dont je ne connais personne à part Georges bien sûr ! Caroline me parle de ce dernier. Je comprends rapidement qu'ils ont prévu de se mettre en ménage. Tout va très vite entre eux, mais ils sont si sûrs de leur amour que je ne trouve rien à redire.

— Si tu penses que c'est ce qu'il y a de mieux pour toi, je suis avec toi, ma douce !

— J'avais vraiment besoin d'entendre ça de ta bouche, ma Biche !

On continue de rouler dans le silence avant qu'elle ne décide de me reparler de Monsieur-Colgate. Ce type est encore bien ancré dans ma tête, mais j'ai tellement honte de ce qu'il m'est arrivé ce matin à la supérette que je ne préfère pas lui raconter que notre histoire s'est terminée avant même d'avoir commencé. J'évite également de lui parler de la sublime nana avec qui il était. Je vois encore son visage encadré d'une blondeur norvégienne me fixer d'un drôle de regard. Je ne pourrai jamais l'oublier.

Caroline gare enfin son véhicule devant la demeure du fils de Georges. Je suis surprise par la maison qui me fait front. Elle est juste grandiose !

— Ah, vous voilà enfin ! s'exclame Georges en nous accueillant à la place de son fils.

Il me salue puis *s'occupe* de son Aimée. Je m'avance seule dans le hall majestueux. Soudain, je distingue dans la cuisine, une femme qui ressemble comme deux gouttes d'eau à la blonde *IKEA*[15] de la supérette. Je me sens mal, mais je ne dis pas un mot même si mes jambes tremblent légèrement. Le cœur battant, je continue de traverser le long couloir, Caroline et Georges à ma suite. Nous nous retrouvons dans un magnifique salon luxueux. Plusieurs personnes sont déjà

---

15 *IKEA* : entreprise néerlandaise d'origine suédoise

présentes et se tiennent debout. Un homme m'apparaît de dos et présente aux invités un plateau garni de mignardises salées qu'ils s'empressent tous d'accepter. Soudain, il se retourne vers moi avant même que son père ne l'interpelle. Je sens mon visage se parer d'une rougeur flamboyante.

— Caroline, Berthe, je vous présente mon fils, Magnus !

— Je suis enchantée, Magnus ! s'exclame aussitôt Caroline.

Après tout, si elle épouse Georges, Magnus deviendra son beau-fils. Quant à moi, cela m'est nettement plus difficile de le saluer. Je crois bien que je viens de perdre l'aptitude de la parole. Je reste muette comme une carpe en reconnaissant les traits de Monsieur-Colgate. Dans ma tête les mots explosent : Magnus/Monsieur-Colgate, Magnus/fils de Georges, Magnus/la sublime Suédoise !

Mais que fiche *la Fée bleue* ?

J'opère un demi-tour sur place et cherche à m'enfuir le plus loin possible, mais je tombe nez à nez avec la blonde Top-modèle. En plus d'être de nouveau impolie depuis trente secondes, je me sens au bout de ma vie ! Je m'engage dans un couloir par erreur et me retrouve dans une salle de bain aux dimensions généreuses. Monsieur-Colgate ou Magnus, peu importe, m'a suivie sans que je m'en rende compte. Je cherche une échappatoire, mais il referme aussitôt la porte derrière nous.

— Je dois partir !

— Mais vous venez à peine d'arriver…

— Je vous en prie, je ne pourrai pas supporter un nouvel affront en présence de votre femme, dis-je, excédée, en perdant toutes mes couleurs.

— Ma femme ? Oh, ce ne peut être qu'un malentendu, car je ne suis pas marié.

— Ah bon ! Vous appelez un malentendu la magnifique Suédoise qui se trouve dans votre cuisine !

— Scarlett ?

Bien que son sourire m'agace, je préfère laisser seul mon visage déçu lui répondre.

— Il faut que je vous avoue que Scarlett a hérité des traits scandinaves de notre mère…

Je sens mes joues me brûler à nouveau. Je m'empourpre comme une collégienne et plus encore lorsqu'il s'approche d'un pas vers moi.

Puis, d'un second.

Je reste immobile, le cœur battant la chamade, ne sachant que faire. J'essaye de rassembler mes pensées dispersées dans ma tête. Je ne me rends compte qu'il m'enlace de ses bras fermes et musclés qu'au moment où il me touche. Ce contact est une douche de bonheur. Je me sens soudain vivante. J'enviais tellement mon amie d'être vue, reconnue et aimée, que j'espérais que cela m'arrive. Magnus me tient serrée contre son corps parfaitement sculpté et murmure non loin de ma commissure gauche :

— J'ai senti votre parfum dès votre arrivée et même si je n'étais pas certain qu'il s'agissait de vous, je l'espérais grandement. Vous sentez particulièrement bon.

Tout en lui souriant, je me dis en silence : « Cruella, tu peux aller te faire voir ! » Mais je n'ai pas le temps de continuer à trucider ma chef. Magnus approche son visage du mien, si près que je sens toutes pensées se dissiper. Puis, il écrase ses lèvres sur les miennes qui s'entrouvrent aussitôt. Je ne me dérobe surtout pas au baiser langoureux qu'il me donne. Je me sens parfaitement bien pour la première fois depuis fort longtemps.

Adieu les séances de psy !

Adieu, Simon !

Adieu les soirées solitaires !

Adieu le célibat !

Je me sens déjà aimée et désirée plus que je n'aurais souhaité l'être un jour. Soudain, je trouve le prénom Magnus magnifique, presque magique.

Magnus et Berthe, Berthe et Magnus !

Je trouve que ça sonne plutôt bien !

Tout en le laissant longuement m'embrasser, il me vient en tête une idée saugrenue. Je décide alors de nous enfermer à clé dans la salle de bain avant de m'écrier : « Bon anniversaire ! »

Après tout ! *Brad* et *Pitt* attendent sagement depuis six mois qu'un prince charmant vienne les délivrer de leur haute tour à l'allure d'un bonnet B. Lorsque je vois le sourire de Magnus s'élargir en posant une main sur *Brad*, je me promets en silence de toujours bénir *la Fée bleue* d'avoir créé tous ces malentendus entre nous. Au bout de quelques minutes, quelqu'un vient toquer à la porte de la salle de bain tandis que Magnus fait la rencontre de *Pitt*. On rive nos regards l'un à l'autre, rougissants comme deux adolescents pris en flagrant délit. On continue de se sourire avant de s'exclamer d'une seule voix : « on arrive ! »

Mais j'ai à peine le temps de récupérer mon souffle que Magnus m'embrasse de nouveau. Je songe alors que ce soir, grâce à tous ces malentendus, et après six longs mois d'abstinence forcée, il se pourrait même que je finisse par faire l'amour…

*The End !*

Chères Lectrices, Chers Lecteurs,

J'espère que vous venez de passer un agréable moment avec mes personnages. Vous ne le savez sans doute pas, mais pour les auteurs indépendants tels que moi, ce sont vos commentaires qui donnent vie et visibilité à nos écrits. Si vous pouviez prendre une minute pour laisser un commentaire sur les plateformes de ventes, même cinq petits mots, cela ferait connaître à plus de monde mon écriture. Et vous participerez ainsi à mon *succès* !

Dans tous les cas, merci d'avoir choisi de lire ce titre.

J'ai le désir de rester accessible, c'est pourquoi je vous communique mon e-mail lhattie.haniel@gmail.com si vous aviez le souhait de me faire un retour de lecture plus personnel. Je vous répondrai avec grand plaisir.

Amicalement,

*Lhattie Haniel*

**RETROUVEZ-MOI SUR :**

**TWITTER**
http://twitter.com/@LhattieH

**FACEBOOK**
https://www.facebook.com/lhattie.haniel/

Mon blog **LE BOUDOIR DE LHATTIE**
http://lhattie-haniel.blogspot.fr

Lhattie HANIEL Collections
J'ai créé des Carnets & Cahiers de Notes
sous trois collections papier
*Regency*, *Sweet* & *Feel good*
que vous trouverez en vente sur Amazon

# *Résumés*

*Lady Rose & Miss Darcy, deux cœurs à prendre…*
*— L'univers étendu d'Orgueil & Préjugés —*
*Inspiré de l'œuvre de Jane Austen*

*Résumé*

1817, comté du Berkshire — À vingt-deux ans, lady Rose, passionnée de promenades dans la nature et de littérature romantique, ne souhaite pas pour autant modifier sa vie pour convoler en justes noces. Désireuse de conserver sa liberté, elle repousse donc, sans exception, tout prétendant. Pourtant, lorsqu'elle rencontre inopinément lord John Cecil Scott, alors qu'elle se retrouve suspendue à la petite clôture d'un verger, l'arrogance et le manque de bienséance de ce séduisant voisin vont troubler profondément la jeune femme. Elle s'épanchera sur cette rencontre, avec un manque certain de franchise, auprès de son amie d'enfance, Miss Darcy. Cependant, cette proche parente des Darcy de Pemberley a, elle aussi, une chose qu'elle lui tait : son cœur bat en secret pour un jeune homme…

*Pour que chaque jour compte, il était une fois…*
*— L'univers étendu du RMS Titanic —*

*Résumé*

1911 — John Crawford et Lee Moore, deux jeunes hommes fortunés, décident de quitter les États-Unis pour se rendre en Angleterre. À bord du RMS Mauretania, Lee retrouve, par le plus grand des hasards, Lady Taylor accompagnée de sa fille, Lady Grace. Malheureusement pour lui, la froideur et le mépris que sa tante lui porte depuis sa plus tendre enfance n'ont pas faibli, tandis que sa jeune cousine n'a aucune idée des liens de cousinage qui les unissent. C'est ainsi que préférant fuir la compagnie déplaisante de ces dames, John et Lee, lors d'une sortie nocturne sur le pont-promenade, vont tomber sous le charme de Julia et Hattie Allen, deux sœurs de petite condition. Bien que décidés à leur faire la cour, les deux hommes perdront finalement leurs traces dès leur arrivée à Londres. Pourtant, John est décidé coûte que coûte à retrouver la belle Hattie. Mais c'est sans compter sur Lady Vivian, une Anglaise qui a jeté son dévolu sur lui et qui compte bien l'épouser, même contre son gré !

*Un Accord Incongru !*

*Résumé*

1810 — Miss Dolly Green était anéantie par la demande du vieux duc. Ce marché, bien qu'incroyablement culotté, était peut-être le seul moyen pour elle de survivre. Elle venait de perdre son petit domaine et n'avait plus que sa beauté pour elle. Elle n'avait donc plus les moyens de rêver. Le bel Anton ne serait plus, à jamais, qu'un souvenir qu'elle pourrait chérir en secret…

*Violet Templeton, une lady chapardeuse*

*Résumé*

1899 — Depuis sa plus tendre enfance, lady Violet a un petit défaut en plus de son caractère tempétueux : le chapardage ! En grandissant — bien que ne manquant de rien —, elle reste une véritable cleptomane qui ne peut s'empêcher de fouiner et de prendre tout objet qui lui tombe sous la main. Ce qui est bien pis, c'est qu'elle ne s'en rend compte qu'une fois son forfait *accompli* ! Et voilà que par deux fois, à dix ans d'intervalle, elle se fait attraper par le même homme en train de chaparder un objet chez lui ! Après un corps à corps surprenant pour leur âge, lord Edward lui susurre, d'une tonalité menaçante, ceci :

— Je vous laisse dix secondes, Milady, pour remettre en place ce que vous avez pris. Passé ce délai, il sera trop tard pour vous…

*Le Mystérieux Secret de Jane Austen*
*— Inspiré de la vie de la romancière Jane Austen —*
*Biographie romancée*

## *Résumé*

1775, Steventon — Écoutez… Entendez-vous le tic-tac de l'horloge du grand salon qui se fait entendre ? Moi aussi je l'entends dans un bruit sourd avant que maman pousse un dernier cri sauvage qui couvre ce petit bruit. Silencieusement, je prends de l'air dans mes poumons, puis je crie. J'apparais enfin à la vie et l'on me nomme tout de suite Jane…

*Message de l'auteur :* Je n'ai pas la prétention d'avoir le fin talent de la très célèbre Jane Austen, mais il me tenait à cœur de vous raconter cette histoire poussée par mon admiration pour les écrits et par la vie de cette grande romancière anglaise. Au fil des pages, vous serez certainement saisie par les émotions en parcourant les premières années de sa vie et de celles de son écriture. Cependant, attendez-vous à être surpris par la mystérieuse romance qui s'est animée sous le sceau de ma plume. Il se pourrait même que vous ne vous en remettiez jamais ! Et si d'aventure, vous souhaitiez poursuivre cette lecture, il vous faudrait le faire sans soulever le moindre sourcil. Alors, peut-être qu'il vous sera dévoilé l'un des mystérieux secrets de Jane Austen : pourquoi ne fut-elle fiancée qu'une seule nuit à Harris Bigg-Wither ? Et seule cette histoire saurait vous le dire…

*Saint Mary's Bay*
*— Les Jardins des Secrets —*
*Volume 1*

*Résumé*

1897 — Ambrosia, cadette de la famille des Keighley, mène une vie tranquille à Maison Beauchamp tout en n'aspirant qu'à faire des promenades dans la forêt et à chasser papillons et autres insectes comme son grand-père le lui a enseigné dès lors qu'elle sût marcher. Mais le décès de son petit frère Edgar va plonger sa famille dans le besoin, ce qui n'arrange en rien les affaires de son père, Sir Humphrey, joueur invétéré et dépensier notoire auprès des gourgandines. Afin de récupérer de quoi poursuivre son train de vie dispendieux, il concède dans les liens du mariage sa cadette, sans qu'elle puisse y redire quoi que ce soit. Pourtant, toute jeune femme devrait se sentir flattée d'être ainsi distinguée par un homme si fortuné. Oui, certes ! Si Lord Greggson, comte de Langford, n'était pas son aîné de plus de cinquante ans ! Seulement, voilà ! À seize ans, une jeune fille rêve plutôt de rencontrer le prince charmant…

*Saint Mary's Bay*
*— Les Jardins des Secrets —*
*Volume 2*

*Résumé*

1902 — Un départ précipité de l'Amérique pour l'Angleterre avait fini par faire basculer à nouveau le destin de la jeune veuve Greggson, alors qu'elle venait de rencontrer le beau Dorian Valentyne. De retour au manoir familial, Ambrosia y avait retrouvé sa sœur aînée Edwina, à l'homosexualité cachée et aux secrets inavoués, lui vouant toujours une très grande haine. Mais heureusement pour Ambrosia, elle y avait retrouvé aussi son adorable mère, son affectueux grand-père, de divertissantes harpies, toutes aristocrates, ainsi qu'une ribambelle de domestiques, sans oublier sa divertissante marraine qui l'avait accompagnée. Les mois s'écoulent alors plus ou moins agréablement, malgré son vague à l'âme, jusqu'au jour où un grand nombre d'invités est attendu au manoir pour une chasse à courre. Bien qu'Ambrosia soit nouvellement fiancée au jeune médecin du village qui ne songe qu'à mettre la main sur sa fortune, l'un des invités ne la laisse pourtant pas si indifférente que cela…

*20 Secondes de Courage*

## *Résumé*

2016, Paris — Polina Leonidov et Vadim Volochenko sont deux enfants qui ont, malgré leurs jeunes âges, un incroyable coup de foudre alors qu'ils se disputent dans une cour de récréation. Les années s'écoulent voyant ainsi leur amour s'élever en secret, même si leurs trains de vie sont diamétralement opposés. Mis au parfum de leur idylle, Piotr Leonidov s'y oppose fermement et fait en sorte de séparer pour toujours sa fille aînée de ce jeune homme, qu'il juge de petit arriviste. Bien que l'époque des mariages arrangés soit révolue, il force Polina à se fiancer avec Mr. Levkine, un homme plus âgé qu'elle et fort aisé. Le cœur aussi brisé que sa belle, Vadim quitte la France avant leur union et coupe les ponts avec tout le monde, même avec ses propres parents. De retour après plusieurs années d'absence, Vadim apprend par sa mère que Polina, la seule femme qu'il a toujours aimée, n'a jamais épousé Mr. Levkine. Seulement, Vadim n'est plus libre, car il est *fermement* marié avec Moïsha…

*Victoria Hall*
*— Volume 1 —*

## *Résumé*

1894 — Retirées aux bras de leur mère dès leur plus jeune âge pour être enfermées au pensionnat Saint George à Londres par un père à l'infidélité aussi grande que l'était sa beauté, Rebecca et Sarah Wheeler n'eurent plus qu'à compter l'une sur l'autre au fil des ans. Puis, un accident familial les plongea plus encore dans leur tristesse tandis que leur père quittait l'Angleterre pour l'Australie sans un regard pour elles. Débarrassé ainsi de ses filles et de Victoria Hall, la demeure ancestrale de sa défunte épouse, Lord Wheeler n'avait plus qu'à profiter seul de son immense fortune. Mais de nouveaux drames changèrent la donne et, alors que la Grande Guerre se propageait plus encore dans le Monde, Rebecca et Sarah ressortirent du pensionnat pour se rendre en Australie, chercher leur héritage. Plus belles et plus vaillantes que jamais, elles étaient si proches de leur rêve qu'elles n'avaient plus qu'à l'empoigner. Mais sur cette nouvelle terre sauvage, une surprise de taille les attendait : un demi-frère et une nouvelle mère, mais également aussi l'amour et la mort si elles n'y prenaient pas garde…

*Victoria Hall*
*— Volume 2 —*

*Résumé*

1917 — Si leur voyage en Australie n'avait pas trouvé écho à leur rêve, leur venue à Saint Mary's Bay avait au moins offert à Rebecca et Sarah une merveilleuse famille. Sarah paraissait se remettre peu à peu de la mauvaise nouvelle du front qui lui était parvenue et pour laquelle elle avait attenté à sa vie. Si cela semblait être son cas, celui de Rebecca en était tout autre. La jeune femme n'arrivait pas à oublier Charles Macquarie, le bel Australien qu'elle avait quitté sur le quai de Darwin. Le destin les avait frappées, chacune d'elles à sa façon, et l'espoir leur semblait aujourd'hui tout juste permis. Peut-être qu'un retour à Victoria Hall, la demeure de leurs ancêtres, leur permettrait de retrouver cette part de bonheur qu'elles aspiraient tant à avoir toutes les deux…

*La fille qui rêve d'avoir la jambe pin-up !*

*Résumé*

2018 — Jeune femme de 25 ans, Meredith n'arrive pas à trouver son équilibre dans sa vie amoureuse depuis qu'elle a vu, à l'âge de 10 ans, Anne Hathaway avoir la jambe pin-up. Elle rêve de ressentir un jour cet effet dans les bras d'un homme. Encore faudrait-il qu'elle puisse en garder un dans sa vie plus d'une semaine ! Alors entre son ex-copain, Leo, et ses deux voisins qu'elle reluque sans vergogne tant ils sont beaux ainsi que son futur petit ami qu'elle n'a pas encore trouvé, sa vie est quelque peu alambiquée. Qui plus est, bien qu'armée d'un BTS marketing, elle travaille comme simple assistante personnelle pour M. Bittoni. Aussi, est-elle passée maître depuis, dans la façon d'esquiver ses mains baladeuses… Et pour couronner le tout, sa colocataire et amie d'enfance, la belle Clothilde, l'agace effroyablement tant sa vie est parfaite ! Cependant, le coup de grâce lui est porté par le retour soudain de Cédric dans sa vie, un ami de Fac avec qui elle s'entend comme chien et chat, et qui enchaîne les conquêtes à la pelle. Surtout lorsque celui-ci décide de l'embrasser sans qu'elle s'y attende. Et pour ne rien arranger, sa mère, inquiète par les sautes d'humeur de sa fille, lui envoie une dizaine de textos par jour, que Meredith s'oblige à ignorer. De quoi être au bout de sa vie !

*Lord Bettany*

*Résumé*

1827, Angleterre — Lord Bettany, riche héritier au tempérament fier et arrogant, a la chance de connaître le bonheur pour le perdre quelques mois plus tard. Malgré son veuvage et un nouveau-né sur les bras prénommé Gabriel, il reste inconditionnellement fermé au monde extérieur et, surtout, à toute attention féminine. Cependant, en grandissant, Gabriel a plus la tête sur les épaules qu'un adulte et une aisance du contact que son père n'aura jamais. Aussi, lorsque cet enfant accompagne ce dernier et sa grand-mère maternelle en voyage de plaisance à Bath, il n'a aucun mal à se lier d'amitié avec la belle Daphné rencontrée devant les Thermes. Mais si l'enfant imagine celle-ci pouvoir faire le bonheur de son père tout en se faisant une place dans son cœur telle la mère qu'il n'a jamais connue, lord Bettany est loin d'avoir le même jugement que sa descendance…

*Berthe, 27 ans, 1m57, 50 kilos, rêve de rencontrer le Prince Charmant (au rayon patates-aubergines !)*

*Résumé*

Berthe, 27 ans, 1m57, 50 kilos, véritable rousse, et ayant prénommé ses seins *Brad* et *Pitt*, rêvait il y a encore 6 mois de pouvoir afficher le statut "Mariée" sur son Facebook. Finalement, elle se retrouve avec celui de célibataire. 6 mois que Simon l'a quittée pour une blonde aux jambes interminables. 6 mois qu'elle se coltine une séance de psy par semaine pour s'en guérir. 6 mois qu'elle rêve de faire l'amour. Heureusement pour elle que deux étages au-dessus de son appartement habite sa meilleure amie Caroline, aux goûts sexuels éclectiques. Un soir avec Caroline, Berthe refait le monde. Ainsi *reboostée* par les paroles de son amie, elle décide de forcer le destin et de rencontrer l'homme qui lui fera oublier son ex. Mais comme elle travaille dans une maison de retraite, la probabilité d'y rencontrer l'élu est plutôt mince, même en priant la Fée bleue ! Berthe songe qu'elle pourrait alors rencontrer l'élu à la supérette du coin, au rayon patates-aubergines. Un soir après le travail, elle décide de voir si Cupidon a répondu à son appel…

*Une amie qui vous veut du bien*


*Résumé*

N'ouvrez ce livre que si vous avez envie de sourire. Non, ce n'est pas une tartine de bonheur, c'est simplement ouvrir des fenêtres pour aérer vos pensées et vous faire profiter de mon soleil ainsi que parfois, de ma vision sur le temps. Non pas celui de mère Nature, mais celui qui fait tic-tac, qui doit vous être précieux et qui vaut bien plus que de l'argent.

## *À propos de l'auteur*

Lhattie Haniel est une romancière française et son genre de prédilection est la romance historique à l'anglo-saxonne, avec une incursion dans la romance contemporaine et tout dernièrement, dans la comédie romantique.

C'est à quarante ans et des poussières d'étoiles dans les yeux, qu'elle laisse sa fantaisie et son imagination s'exprimer. Celles-ci la transportent vers le monde de *Jane Austen.* Sa première romance publiée sous le titre *Lady Rose & Miss Darcy, deux cœurs à prendre…* se passe en effet dans l'univers étendu d'*Orgueil et Préjugés.* À partir de là, Lhattie Haniel ne reposera plus jamais sa plume et a déjà à son actif, plus d'une dizaine de titres publiés !

Printed in Poland
by Amazon Fulfillment
Poland Sp. z o.o., Wrocław

57268073R00087